PARALELO CERO

Dirección editorial:
Trini Marull

Edición:
Begoña Lozano

Diseño:
Emilio Rebull

Cubierta:
Grupo Kunzzo, S. L.

Fotografía de cubierta:
Cover

PARALELO CERO

Después de muertos

José María Latorre

«El hombre es una mina de miedos».
Giuseppe Pontiggia

«El terror es la piedra angular
de todo nuestro arte».
Peter Ackroyd

Prólogo

La primera vez que vi Port-au-Prince quedé decepcionado, y eso a pesar de que era muy joven –acababa de cumplir catorce años– y de que hasta entonces no había visto demasiado mundo, por lo que se suponía que cualquier novedad en ese sentido debía resultarme atractiva. El puerto estaba sucio, y la mayor parte de las embarcaciones atracadas en él eran tan cochambrosas como los edificios. Un olor repulsivo impregnaba el aire; los gritos de las gentes y los sonidos de las sirenas de los barcos formaban un ruido de fondo ensordecedor, y los mendigos se abalanzaban sobre cada uno de los pasajeros que desembarcaban para pedirles unas monedas, sin hacer caso a los violentos empujones de rechazo de que eran objeto por parte de sudorosos policías uniformados. Más de un mendigo hacía asomar el mango de un cuchillo por la cintura del pantalón.

Fuera del puerto, las calles y las plazas apenas diferían de tan lamentable cuadro. Abundaban las casas en estado de ruina, cerradas con herrumbrosas verjas, detrás de las cuales se advertía la existencia de un descuidado jardín; la porquería se amontonaba en las aceras concentrando alrededor de ella enjambres de gruesas moscas, y hasta las palmeras eran menos bellas de lo que había imaginado durante el viaje, como si no fuesen reales y formaran parte de una vieja tarjeta postal deslucida por el paso de los años. Había muchos automóviles, en su mayor parte descapotables norteamericanos, que parecían haber sido rescatados milagrosamente del desguace, y daba la impresión de que sus propietarios no debían de haberlos lavado en varios meses, porque los capós y las carrocerías eran un depósito de polvo.

La verdad es que viendo todo aquello daban ganas de regresar al barco y alejarse de esa ciudad, la desdichada capital de Haití. Sin embargo, no solo no lo hice –no podía hacerlo, como voy a explicar–, sino que me quedé mucho tiempo, aunque no en la propia Port-au-Prince, y allí viví la peor de las pesadillas, una inmersión en un mundo de horror capaz de hacer enloquecer a cualquiera.

Si no lo hice, fue porque no tenía ningún otro lugar adonde ir. Hacía cinco meses que mis padres habían muerto en un accidente aéreo, dejándome solo en el mundo; mejor dicho, solo en Plymouth, la ciudad donde residíamos, en el sur de Inglaterra. Por supuesto, mis progenitores tenían previsto que pudiera sucederles una desgracia y dejaron dispuesto en su testamento que, llegado el caso, mi abuela se hiciera cargo de mí hasta mi mayoría de edad y que, si se daba la circunstancia de que entretanto también ella falleciera, mi tío Philip, el hermano mayor de mi padre, asumiera la responsabilidad de completar mi educación. Apenas tres meses después, una gripe acabó con la vida de mi abuela, y el notario Tennyson, Ronald Tennyson, buen amigo de la familia, se puso en contacto con el tío Philip para que este decidiera cómo debía encarar mi futuro, y me llevó a vivir a su casa hasta que todo estuvo resuelto, al menos en teoría.

Mi tío vivía en Haití, donde era el propietario de una plantación. Había abandonado Inglaterra hacía treinta años, cuando contaba diecinueve, y con el tiempo había conseguido hacer, según decían, una pequeña fortuna con el azúcar. Allí se había casado con Marge, hija de franceses, y habían tenido un hijo, Alfred, y una hija, Chantal, que debía de tener más o menos la misma edad que yo. Ninguno de ellos había estado en Inglaterra y, por lo tanto, eran unos completos desconocidos para mí, pese a que de vez en cuando nos enviaban cartas y fotografías.

Las gestiones del notario Tennyson concluyeron cuando tío Philip dijo que la única forma que tenía de responsabilizarse de mi futuro era hacerme ir con ellos a la plantación de Haití. Aunque eso estaba lejos de satisfacerme, dado que yo tenía mi colegio y mis amigos en Plymouth, comprendí que era la mejor solución para no llevar una existencia solitaria, desarraigada. Y Tennyson me animó a hacerlo, asegurando que sería lo mejor para mí. Así pues, finalmente embarqué con destino a Port-au-Prince llevando conmigo las cosas imprescindibles que más me gustaban y el poco dinero que habían dejado mis padres.

Mi despedida de los amigos fue emotiva porque sabía que, en el mejor de los casos, tardaría mucho tiempo en volver a verlos, y para entonces ya nada sería lo mismo, pero aún lo fue más decir adiós a las tumbas de mis padres y mi abuela. De pie ante las lápidas detrás de las cuales reposaban los seres que había amado, buscaba en vano un signo que pudiese interpretar como una señal de ánimo; no lo detecté ni en los destellos dorados que los rayos del sol arrancaban de las flores marchitas, y sentí como si el mundo hubiera sufrido una repentina transformación y se abrieran para mí las puertas de una nueva y extraña vida, sin relación alguna con la conocida. Me atrevo a aventurar que otros necesitarían años para madurar tanto como lo hice yo en la última semana que pasé en Plymouth.

No sabía que estaba en lo cierto. Mi vida en Haití iba a estar marcada por el signo de lo misterioso, de lo incomprensible, de lo macabro incluso. Pero ignoraba todo eso cuando, a bordo del *Shelley,* fui dejando atrás, primero, el puerto de Plymouth; después, Inglaterra, y al fin, Europa, rumbo a un lugar donde, entre otros horrores, vería caminar a los muertos.

Capítulo primero

Los Walcott de Haití

Los policías encargados del control de pasaportes dedicaron un buen rato a leer varias veces el documento notarial en el que Tennyson explicaba las razones de que hiciera mi viaje en solitario, pese a mi edad, el cual incluía, grapada, la carta de tío Philip mediante la cual este reclamaba mi presencia en Haití «por motivos familiares». Después de un largo interrogatorio que retrasó la salida de otros pasajeros y dio origen a algunas protestas, al fin pisé tierra firme. En contra de lo que creía, ni mis tíos ni mis primos me esperaban en el puerto. Durante la travesía no había recibido un cable suyo para advertirme de que no lo harían, y me encontré solo en el muelle, cargado con dos maletas que apenas era capaz de levantar. Desconcertado, miré a mi alrededor en busca de alguna señal amistosa entre la turbamulta de mendigos y policías, pero no vi sino rostros desconocidos y miradas de hostilidad. De uno de los edificios colgaba una especie de sábana blanca en la que figuraban escritas a brochazos negros las palabras: «Je suis le drapeau Haïtien, Uni et Indivisible. François Duvalier» («Yo soy la bandera haitiana, una e indivisible. François Duvalier»). Empecé a notar una sensación de ahogo y síntomas de mareo, e ignoro qué habría hecho de no haber sido porque en ese momento vi llegar a un hombre de piel oscura enarbolando por encima de su cabeza un papel en el cual constaba mi nombre. Le hice una tímida señal y se acercó a mí.

–¿Es usted John Walcott? –me preguntó.

–Soy el sobrino de Philip Walcott –asentí.

–Me envía su tío. Lamenta no haber podido venir personalmente –dijo, mirándome a los ojos.

Sin presentarse, se hizo cargo de las maletas, levantándolas con inusitada ligereza, y me indicó que lo acompañara. Varios mendigos vinieron detrás de nosotros con las manos extendidas pidiendo unas monedas, hasta que les gritó que nos dejaran tranquilos.

Ya he explicado que nada de lo que vi a mi llegada me resultó atractivo. Ni yo me consideraba un fanático del orden, ni el puerto de Plymouth –al que estaba acostumbrado– era particularmente acogedor, pero aun así todo me provocó desagrado, sensación que fue en aumento en cuanto dejamos atrás el muelle. La atmósfera era húmeda, sucia, opresiva; las fachadas de las casas daban muestras de estar derrumbándose a pedazos y el sudor ponía visibles manchas oscuras en las ropas de las gentes.

Fui con el enviado de mi tío hasta un Cadillac descapotable, donde colocó las maletas con la misma aparente falta de esfuerzo. Eché una mirada crítica a las calles. El aire estaba como embalsamado y las hojas parecían pender muertas de los árboles. ¿Ese era el lugar donde iba a tener que vivir a partir de ahora?, me pregunté con desánimo.

–¿Está lejos la casa de mi tío? –inquirí.

–Ni lejos ni cerca –fue la lacónica respuesta del hombre.

–¿Cómo se llama usted?

–Si le agrada, puede llamarme Alain –contestó.

Habituado al trato de Inglaterra, me sorprendió que no me tuteara, pero lo interpreté como una muestra de respeto. Con algo de presunción en la que había un matiz clasista, que ahora me avergüenza al recordarlo, pensé que Alain debía de ser un empleado de tío Philip, y por lo tanto era lógico que mantuviera cierta distancia entre nosotros. Quizá para compensarlo, o para evitar que yo creyera que tenía un carácter brusco, su boca se abrió en una sonrisa que me permitió ver una doble hilera de dientes amarillentos.

Alain condujo con descuido, sin hacer caso a las señales de tráfico, lo cual me produjo más de un sobresalto. A esa hora del día, el sol caía a plomo y el viento era insuficiente para paliar el calor húmedo, que se aferraba al cuerpo como las sanguijuelas y hacía reverberar la carretera ante nosotros. A lo largo del viaje había tenido tiempo para pensar con ansiedad en mi situación y en mi nueva familia, y a medida que el *Shelley* se aproximaba a su destino me había sentido casi obsesionado. La noche anterior a la llegada incluso había soñado con Haití y los Walcott, para mí completamente desconocidos. ¿Cómo serían en realidad ese hombre, esa mujer y esos dos jóvenes a los que solo había visto en fotografías, y nunca sonrientes? Ese detalle siempre me había llamado la atención: ¿por qué mis tíos y mis primos jamás sonreían en las fotos? Es cierto que no podía reprochárselo, pues las gentes de Plymouth no se distinguían, en general, por su simpatía, pero siempre había creído detectar en mis parientes un aura de preocupación, como si no se sintieran a gusto posando ante el objetivo de la cámara. Esperaba que en lo sucesivo no tuviera que seguir una forma de vida demasiado severa y de acuerdo con unas costumbres rígidas. También resultaba llamativo el hecho de que mis primos jamás habían añadido a las cartas unas líneas de su puño y letra; las únicas referencias suyas eran los habituales «Alfred y Chantal os envían un beso», o «Chantal y Alfred os recuerdan con cariño», que, a tanta distancia, significaban más bien poco. Mis únicos puntos de referencia sobre ellos eran sus expresiones, excesivamente tristes para sus años; sus cabellos rubios y sus delgados cuerpos vestidos con ropas claras que, a causa de las novelas de aventuras que había leído y de las películas que había visto, yo asociaba con los trópicos. Y poco más sabía de mis tíos, sobre todo de tía Marge, de mirada melancólica. Tío Philip solía aparecer en las fotografías en camisa y pantalón claros, y cubierto con un sombrero de ala ancha, o vestido con traje blanco. Su expresión era, al contrario que la de tía Marge, dura.

Yo había esperado encontrar en Haití un paisaje de belleza casi lujuriosa, y me decepcionó verme en una carretera polvorienta cuya monotonía solo se alteraba por la aparición de chabolas y, luego, de plantaciones que surgían a izquierda y derecha, por algunos sombríos caserones apartados del camino y por la lejana presencia de una cadena montañosa casi diluida detrás de una neblina azulada que, en principio, no ofrecía atractivo alguno para mí.

–¿Así es todo Haití? –le pregunté a Alain.

–¿A qué se refiere?

Me había respondido sin retirar la mirada de la carretera, por la que en ese momento no transitaba ningún otro vehículo.

–Es un poco monótono –aventuré.

–Mire, joven Walcott, se puede decir cualquier cosa de Haití salvo que se trata de un lugar monótono –y añadió con tono misterioso–: Estoy seguro de que pronto cambiará de opinión. Es, al contrario, muy excitante.

–Hablaba del paisaje –me defendí, temeroso de haberle ofendido.

Alain no respondió y aminoró la marcha. Enseguida descubrí el motivo: un poco más allá había un todoterreno parado en la cuneta y cuatro hombres vestidos con uniforme nos hacían señales en medio de la carretera pidiendo que nos detuviéramos.

–Los Tontons Macoute... –dijo en voz baja.

–¿Quiénes son? –quise saber.

–Son los hombres de Duvalier, el presidente... ¿No ha visto en el puerto un cartel? Jacques Duvalier es el presidente del país, y los Tontons Macoute, sus policías de confianza. Una de las primeras cosas que deberá aprender, joven Walcott, es a obedecer a esa gente.

Los cuatro hombres se acercaron en cuanto Alain detuvo el Cadillac. Dos de ellos permanecieron de pie, delante del morro del coche, como si de ese modo trataran de impedir que pudiéramos ponerlo en marcha; los otros vinieron a hablar con nosotros. Todos escondían sus ojos detrás de unas gafas de sol. Uno se apoyó con insolencia sobre la portezuela del conductor, y otro lo hizo sobre la mía.

–¿Qué haces por aquí a estas horas? ¿No deberías estar trabajando en la plantación? –inquirió el que estaba más cerca de Alain.

El que se había situado a mi lado esbozó una sonrisa poco o nada amistosa. A pesar de los oscuros cristales de sus gafas, noté que tenía su mirada fija en mí.

–He ido al puerto para recoger al sobrino del señor Walcott, que llegaba hoy de Plymouth –contestó Alain señalándome.

–¿Es americano? –inquirió el que había sonreído.

–No, Plymouth está en Inglaterra.

–Inglaterra, eh...; eso está muy lejos.

Mientras decía eso, se dio la vuelta para reunirse con su compañero al otro lado del automóvil. Por suerte, hacía varios años que yo estaba estudiando francés, por lo que pude entender lo que decía, por más que el idioma que hablaba aquel individuo no se pareciera mucho al que yo había aprendido.

–Sí, bastante –dije con sequedad; no me gustaban aquellos hombres, con sus gafas oscuras y su actitud prepotente.

–Supongo que tendrás los papeles en regla, ¿eh, chico? ¿Te han puesto el sello de entrada? –insistió–. A veces son bastante descuidados, y por eso debemos vigilar que no se filtre en el país ningún indeseable.

–Vamos..., es el sobrino del señor Walcott; no tiene más que catorce años –intervino Alain.

–Tú sabes que la edad no significa nada cuando se trata de conspiradores y ladrones. Precisamente buscamos a un grupo de adolescentes –comentó el que estaba hablando con él.

Observé que los cuatro llevaban una pistola dentro de una funda, sujeta al cinturón, y además iban armados con gruesas porras. Los dos que se habían situado delante del Cadillac no movían ni un músculo, como si esperaran a que sus compañeros les dijeran que podían hacerlo. No corría ni un soplo de aire, y noté que el sudor empezaba a deslizarse por mi rostro.

–El señor Walcott es un hombre respetuoso con Haití y con el presidente...; no tenemos nada contra él. Transmítele nuestros saludos –dijo por fin el que parecía estar al mando.

Acompañó sus palabras con un golpe en la chapa del automóvil, al tiempo que ordenaba con una señal a los otros que nos permitieran seguir. Por un instante, el sol destelló en los cristales oscuros de sus gafas. Alain volvió a poner en marcha el Cadillac.

–Será mejor que no se vuelva a mirar hacia atrás –me dijo en cuanto el coche arrancó.

Le hice caso, pero tampoco comenté nada durante el resto del viaje. El incidente me había dejado perplejo porque no estaba acostumbrado a que en mi país la policía detuviera los coches para interrogar a sus ocupantes; también me resultaba llamativo que aquel hombre no supiera en qué país se hallaba Plymouth. Decididamente, pensé, Haití debía de ser un lugar extraño.

Alain también guardó silencio hasta que, después de tomar un desvío por un camino flanqueado por extensos campos de cañas de azúcar, al cabo de un rato llegamos ante un edificio que supuse debía de ser la residencia de mis tíos. Por la carretera había tenido ocasión de ver otros caserones y todos me habían parecido sombríos, pero el de los Walcott todavía lo era más. Es probable que mi impresión se debiera a que se trataba del primero que veía de cerca, pero su aspecto me descorazonó. Los dos árboles que había frente a la casa no ayudaban a darle un aspecto más grato.

Era demasiado grande para cuatro personas: aparte de la planta baja, constaba de tres pisos, el último de los cuales asomaba tímidamente como una protuberancia nacida de la parte trasera del segundo, al modo de una cadena de buhardillas, y era más ancho que dos casas de Plymouth juntas; la fachada tenía un color ceniciento, casi mortuorio, que contrastaba con la luminosidad del sol, la cual hacía destellar la tierra y los árboles; había unos ventanales y varios balcones semiderruidos, y en el primer piso, una galería cubierta, protegida con cristales resquebrajados, se extendía de un lado a otro del edificio; una docena de escalones de piedra llenos de polvo y hojas secas, procedentes de las hojas de caña, llevaban a un desvencijado porche donde había una vieja mecedora. A primera vista, el único atractivo era un jardín que nacía a la izquierda de la entrada, en el que me pareció divisar una estatua semioculta detrás de los árboles y percibir el sonido del agua de una fuente.

–Es una casa grande, bonita –comentó Alain mientras descargaba las maletas.

–¿Solo viven en ella mis tíos y mis primos?

–También está Monique, la vieja Monique... Hace las veces de criada y de cocinera. Siempre ha vivido aquí, tiene mucha experiencia, forma parte de la casa y nadie conoce su verdadera edad..., creo que ni siquiera ella debe de saberlo. Ya la verá, es un cúmulo de huesos; a veces resulta increíble que se pueda tener de pie.

–¿Y ahora no hay nadie en la casa? –inquirí, extrañado por no ver salir a ninguno de mis parientes.

–El señor Walcott y sus hijos están en la plantación –apoyó las maletas en el primer peldaño–. Su tío me pidió que le dijera que volverán al atardecer.

–¿Y tía Marge?

–Estoy hablando demasiado...; venga conmigo.

Me hizo entrar con él en la casa. Es probable que en algún tiempo tuviera esplendor, pero en esos momentos me pareció un depósito de tristeza, un emblema de la decadencia. No había polvo ni suciedad, pero todo estaba roto y desordenado, como si la vivienda hubiera dejado de importar a sus moradores y nadie le prestara la menor atención. Quizá se hacía notar más por la agobiante abundancia de muebles y objetos, y por la escasa luz que entraba por la única ventana de la sala, cuyas hojas se hallaban abiertas. Las alfombras estaban deshilachadas, las paredes desconchadas pedían a gritos una mano de pintura, y el aparato de cristal que colgaba del techo parecía provenir de un caserón victoriano. Había una larga mesa y sillas de madera, así como una vieja mecedora y un reloj de pared cuyas manecillas se habían parado a las once y veintitrés. Al fondo nacía una escalera que se perdía en la oscuridad hacia lo alto. Casi no tuve tiempo para observar otros detalles, porque vi bajar por ella a una mujer esquelética, de cabellos blancos como el algodón y con un vestido de color verde. Su rostro era un mapa de arrugas que lo surcaban en todas direcciones, y sus pómulos salientes parecían estar a punto de rasgar la piel de las tensas mejillas. La descripción que Alain me había hecho de ella se ajustaba a la realidad: en aquel cuerpo huesudo se ocultaban muchas décadas de vida.

–Señorito John –dijo–. Usted es el señorito John… El señor Walcott me ha dado órdenes esta mañana para que lo instale en la casa. Le enseñaré su habitación, está en el segundo piso.

La sonrisa de Monique hizo que su rostro pareciera todavía más arrugado. Yo esperaba que la anciana me saludara besándome en las mejillas, pero tío Philip debía de haber impuesto unas costumbres muy estrictas para los trabajadores, porque no lo hizo. En lugar de eso miró a Alain, ya sin sonreír, y este salió de la casa dejándonos solos. No pude evitar echar un vistazo a las maletas, abandonadas al pie de la escalera.

–No se preocupe por ellas, joven Walcott, Alain las subirá más tarde a su habitación –dijo la anciana.

–¿Y por qué no ahora?

–Esto es Haití –repuso con seriedad; sus ojos tenían un fulgor extraño–. En el país de donde usted viene hay unas costumbres, pero aquí tenemos otras. Cuando alguien va a ocupar por primera vez una habitación en la que dormirá, es obligatorio impedir que haya más de dos personas a la vez en ella. Trae mala suerte…

–Bah, yo no creo en esas cosas –dije con desdén.

–Aquí todos creemos.

No quise replicarle. Después de echar un último vistazo a las maletas, subí con Monique. A pesar de que era de día, la escalera estaba dominada por la oscuridad y olía a rancio, a falta de ventilación. Sentí curiosidad por saber la causa de que no abrieran las ventanas o, cuando menos, de que no dejaran encendida una luz. Estuve tentado de preguntarlo, pero no lo hice. Al cruzar el rellano del primer piso miré a derecha e izquierda: a ambos lados se abría una impenetrable negrura que tenía algo de anómala. «De noche todavía será más espantoso», pensé. El segundo piso también se hallaba sumido en la oscuridad, como si el sol se negara a penetrar por los muros del edificio, aunque no tanto como el primero. La anciana dijo que debía dirigirme hacia el pasillo izquierdo.

–¿No hay electricidad? Está todo muy oscuro –me quejé.

–Las órdenes del señor Walcott son que no se encienda ninguna luz hasta la llegada de la noche. No hago más que cumplirlas.

–¡Pero no veo nada! –protesté.

–Es por falta de costumbre. Yo, en cambio, veo en la oscuridad tan bien como un gato –comentó la anciana.

No lo dijo con una entonación especial, sino de una manera tranquila, pero sus palabras me provocaron un estremecimiento.

–Lo había previsto, y por eso le he traído una pequeña ayuda –añadió.

Enseguida vi cómo el haz de una linterna recorría el pasillo, iluminando el suelo y las paredes. Las puertas de todas las habitaciones se hallaban cerradas, y el aire aún estaba más viciado que en la escalera. ¿Cómo podían soportar mis primos vivir en un ambiente así?

–¿No se ventila nunca esta casa? –inquirí, molesto por aquella extraña costumbre.

–Hacía muchos años que no se utilizaba esta zona de la casa donde se encuentra su habitación, joven Walcott, pero no se preocupe; me he ocupado en persona de que no eche nada en falta.

Después de pasarme la linterna pidiéndome que iluminara la cerradura de una de las puertas, precisamente la única por debajo de la cual se advertía una rendija de luz solar, sacó un manojo de llaves para abrirla. Me disponía a entrar, haciendo girar el pomo, cuando oí la voz de Monique:

–No me pregunte el porqué. Antes de cruzar el umbral, debe escupir tres veces al suelo.

La miré asombrado, creyendo que bromeaba, pero a la luz de la linterna vi que tenía los ojos muy abiertos y una expresión seria, y pensé que sería mejor no llevarle la contraria. Hice lo que me había pedido.

–Bien, joven Walcott, ahora puede entrar.

Las cortinas del balcón estaban descorridas, y gracias a ello la luz del día caía débilmente sobre parte de la estancia, la cual debía de estar orientada hacia el este, porque el sol ya no daba por esa parte de la casa. La habitación era bastante amplia y disponía de lo imprescindible: una cama, una mesilla, un armario, un escritorio con un flexo y una silla de madera, e incluso una pequeña estantería con nueve libros.

–Los ha dejado el señor Walcott. Pertenecen a sus hijos y ha supuesto que le agradarían –me informó Monique.

Mi amor por los libros me empujó a saber, antes que nada, cuáles eran. Se trataba de *El señor de Ballantree* y *El extraño caso del Dr. Jekyll y Mr. Hyde,* de Stevenson; *Las aventuras de Tom Sawyer,* de Twain; *Los viajes de Gulliver,* de Swift; *La montaña de luz,* de Salgari; *En las montañas de la locura,* de Lovecraft; *La isla misteriosa,* de Verne; *Drácula*, de Stoker, y una selección de cuentos de Poe. Aunque había leído algunos, me agradó saber que iba a tenerlos como compañeros de habitación.

–Yo he traído también varios libros –dije.

–¿Le gusta leer? –me preguntó la anciana.

–A veces pienso que no he hecho otra cosa en mi vida.

Monique se había quedado de pie en el umbral, como si no se atreviera a entrar mientras estaba yo dentro o como si esperara a recibir mi conformidad. Eché un vistazo más detenido a la habitación. Con lo que había allí bastaba para sentirse a gusto, pero al mismo tiempo tuve la sensación de que los muebles, la lámpara del techo, la cama y las paredes desconchadas estaban en consonancia con el resto de la casa, o al menos con la parte que había tenido ocasión de ver. El olor también. Todo era rancio, anticuado, igual que en las viviendas de las familias más ricas de Plymouth, sin resultar por ello refinado: al contrario, el conjunto era oscuro, deprimente. Con un suspiro, miré por la cristalera cerrada del balcón. Ante mí se extendía un campo de cañas que parecía no tener fin. No vi ni una sola persona, solo una vegetación quieta, abrasada, a la que daba realce el azul del cielo.

–¿Ha encontrado todo a su gusto? –quiso saber Monique.

–Oh, sí, por supuesto..., lo único... –titubeé–, lo único que echo en falta es mi equipaje; me habría gustado cambiarme de ropa después del viaje...; me siento sucio.

–Le diré a Alain que no tarde en subirlo. La puerta del fondo del pasillo es un cuarto de baño.

–Gracias, Monique.

La anciana se disponía a retirarse, pero antes de que lo hiciera me decidí a preguntarle por tía Marge.

–Está en su dormitorio.

–¿En este mismo piso?

–No, en el primero, exactamente debajo del suyo.

–Debo ir a saludarla.

–Joven Walcott, su tía está reposando. Su salud es delicada y el doctor le recomendó que guardara cama durante el día... El sol de Haití es demasiado fuerte para ella.

–¿Todos los días?

–Desde hace unos meses. Ya se lo explicará su tío. Y ahora, si no necesita nada más de mí...

–No, muchas gracias, Monique; puede retirarse, pero no olvide decirle a Alain que suba mis maletas.

–Tenga en cuenta que se desayuna en el comedor. Está en la planta baja –me indicó.

En cuanto me quedé solo volví a inspeccionar la habitación, incluyendo el interior del armario y los cajones del escritorio. Estaban vacíos, y ese vacío hizo que me sintiera tan extraño como el huésped de un hotel y con idéntica sensación de provisionalidad. Cuando estás en un hotel, al menos dispones de tus ropas, de tu equipaje, e incluso del libro que has llevado contigo para leer durante el viaje, pero en aquella estancia no había nada mío, y hasta el aire me resultaba extraño. Era como si me hubieran extraído bruscamente del paisaje de mi vida para depositarme, con la misma brusquedad, en otro desconocido por completo. Eché un nuevo vistazo por el balcón y vi que nada alteraba lo que había visto poco antes. Una quietud total pesaba sobre el campo.

Encogiéndome de hombros, abrí la puerta para ir al cuarto de baño y fui recibido por una vaga oscuridad. La vieja Monique había dicho que el baño estaba situado al fondo del pasillo, por lo que me dirigí allí sin dar la luz, guiándome por la pared. Si entre las órdenes de mi tío figuraba la de que no hubiera luces encendidas en la casa hasta la noche, quise obedecerle porque no deseaba crear problemas el mismo día de mi llegada, por incomprensible que todo aquello fuera para mí. No era la mejor manera de empezar una nueva vida.

En contra de lo que esperaba encontrar en él, el baño estaba bien equipado y había un juego de toallas limpias. No hacía falta luz porque el resplandor del día se hacía notar a través de la ventana y era suficiente para permitirme tomar una ducha, cosa que hice sin pérdida de tiempo mientras pensaba en todo cuanto me había resultado extraño a mi llegada a aquella casa. Había tomado la precaución de dejar entreabierta la puerta de mi dormitorio, con objeto de que la luz solar que todavía se hacía notar en ella me impidiera equivocarme de estancia cuando volviera. Sin embargo, a la salida encontré todas las puertas cerradas. Eso hizo que me confundiera y me empeñé en abrir una que no correspondía a la mía, pero el pomo no giró por más que lo intenté. Por suerte, mi error no dejaba lugar a dudas, porque si no era aquella que trataba de abrir, debía de ser la siguiente, como así fue. Mis maletas me esperaban a los pies del lecho, y Alain –solo había podido subirlas él– había dejado una nota encima de la colcha, escrita con mayúsculas y letra poco cultivada: «Tenga en cuenta que al señor Walcott no le gusta que esté abierta la puerta de ninguna habitación de la casa».

¿Por eso la había cerrado él mismo? Abrumado por tantas disposiciones, que me resultaban aún más chocantes después de haber vivido mi infancia en un ambiente familiar de mayor tolerancia, procedí a sacar la ropa de las maletas para colgarla dentro del armario, y dejé en la estantería, junto a los otros, los libros que había traído conmigo. Dickens, Le Fanu, Chesterton, Tolstoi, Conan Doyle, Andreiev, Maupassant, London y Machen eran una estupenda compañía para los que me habían prestado mis parientes. Luego me tumbé en la cama con el propósito de reposar un rato, sin dormir, hasta que volvieran mi tío y mis primos y pudiera presentarme ante ellos, pero la ducha que acababa de tomar no sirvió para relajarme; sin embargo, el calor, la humedad, el cansancio que arrastraba de tan largo viaje y las emociones del cambio me provocaron un profundo sopor y me quedé dormido.

Desperté con la sensación de que no me hallaba solo en el dormitorio. La oscuridad que reinaba en la estancia me informó de que ya era de noche, y busqué a tientas el interruptor de la luz. Como ignoraba dónde encontrarlo, pues aún no había tenido ocasión de utilizarlo, tardé en dar con él, y cuando la luz rompió al fin la negrura de la habitación miré hacia la puerta. Aunque no había nadie, estaba seguro de que alguien había entrado en el dormitorio durante mi inconsciencia. Lo corroboré al comprobar que la puerta estaba abierta: yo la había dejado cerrada, de acuerdo con las instrucciones de mi tío.

Me había quedado sentado en la cama, mirando con más extrañeza que temor la oscuridad que se cernía detrás de la puerta. El hecho de que fuera de noche significaba que mi tío y mis primos habrían regresado de la plantación. ¿Debería esperar a que subieran a buscarme o, sabiendo que estaban en la casa, sería más correcto bajar a presentarme y saludarlos? Yo nunca había sido muy decidido para ese tipo de cosas –de hecho, jamás me había visto en una situación semejante–, y por eso titubeé. Por una parte, pensé, lo educado sería esperar a que subieran o a que me llamaran, pero, por otra, presentarme a ellos figuraba entre mis obligaciones como invitado. Además, tenía ganas de conocer a las personas con las que debería convivir a partir de ese día. Eso me hizo decidirme a salir.

Antes, busqué un espejo para comprobar mi aspecto. Seguramente debía de estar despeinado tras haber descabezado un sueño, y no quería causar una mala impresión en mis parientes, pero no vi ninguno, ni siquiera dentro del armario. Me cambié de ropa y salí al pasillo, donde la oscuridad era envolvente, total. Tenía la intención de ir al cuarto de baño para peinarme y busqué el interruptor. No lo encontré, por lo que tuve que caminar a ciegas. Había un interruptor en la pared derecha del baño. La luz provenía de una bombilla colgada de un cable y ponía un reflejo amarillento en las blancas paredes desconchadas. Cuando había ido a ducharme no había reparado en ello; solo encontré un pequeño y anticuado espejo de mano dotado de un feo soporte de plástico ambarino. Para peinarme, me vi en la necesidad de dejarlo apoyado en el lavabo, contra la pared, y en cuclillas intenté poner orden en mis cabellos. Una vez acabé, salí sin olvidarme de cerrar la puerta y, de nuevo a ciegas, regresé al dormitorio para dejar el peine. Esta vez fui con mayor resolución: poco a poco iba aprendiendo a orientarme en aquel corredor de tinieblas, aunque me molestaba tener que moverme por la casa de ese modo. Era uno de los primeros comentarios que me proponía hacer a tío Philip.

El rellano también se hallaba sumido en la oscuridad, si bien al asomarme por la espelunca de la escalera divisé un leve resplandor en la planta; más que en una luz, hacía pensar en una anomalía en la negrura. Bajé agarrado a la barandilla, por miedo a que la falta de visibilidad me hiciera perder pie. Al atravesar el rellano del primer piso me sorprendió no divisar ni siquiera un débil resquicio de luz en ninguno de los dos pasillos. Incluso me desvié de mi camino para asomarme a uno y a otro. ¿Estaba tan enferma mi tía que aún seguía en cama, o quizá se había levantado para reunirse con los demás? ¿Me habían impedido verla porque padecía alguna enfermedad contagiosa? ¿En cuál de los pasillos estaría su habitación?

El sonido de unos pasos me asustó, y me pareció que algo se movía frente a mí, en la negrura del pasillo de la izquierda. Retrocedí hasta agarrarme de nuevo a la barandilla, sin poder apartar la mirada de la oscuridad que ocluía el corredor. No sabía qué temía ver aparecer por allí, pero me sentía intranquilo. La luz llegó inesperadamente, dejando a la vista la sordidez del pasillo, incrementada por la mortecina luz de una bombilla; gracias a ello vi a una muchacha de unos catorce o quince años, morena, alta, vestida con una blusa amarilla y un tejano, que se dirigía hacia mí.

–Tú debes de ser el primo John –dijo.

Tenía una voz suave, apenas audible a pesar del silencio que pesaba sobre la casa. No había sonreído al hablar, pero se acercó para, sin darme tiempo a responder, besarme en las mejillas. Aunque sus labios solo me rozaron, tuve ocasión de advertir que eran cálidos.

–¿Chantal? –pregunté.

Asintió con la cabeza y se alejó para escrutarme de arriba abajo con una expresión calculadora.

–Nos habría gustado ir a buscarte a la ciudad, pero hoy teníamos muchas cosas que hacer en la plantación. Supongo que Alain te lo habrá explicado… Por cierto, eres diferente a como te imaginaba.

Seguía sin sonreír y, si bien sus palabras habían sido cordiales, su tono de voz resultaba un tanto frío.

–¿Y puedo saber cómo me imaginabas? –inquirí, tratando de mostrarme desenvuelto y lo más agradable posible.

–No sé qué decir…, distinto. Quizá más alto y rubio…; los ingleses suelen ser rubios.

–Bien, aquí tienes una prueba de que no todos lo somos. ¿No habías visto ninguna fotografía mía?

–Hace tiempo que no miro fotografías. La plantación da mucho trabajo, suelo pasar el día fuera de casa y por las noches no tengo ganas de nada –repuso, evasiva–. ¿Adónde ibas?

–He estado durmiendo desde que he llegado y bajaba para saludaros. Se supone que es lo que debía hacer, ¿no?

Chantal asintió de nuevo con la cabeza, pero me dio la impresión de que no me había escuchado y era un gesto mecánico.

–Acompáñame; vamos al comedor. Están a punto de servir la cena. Papá y Alfred ya deben de estar esperando.

Aquello volvió a desconcertarme. ¿Se proponían empezar a cenar sin tener la deferencia de esperarme a que bajara? ¿No se les había ocurrido la idea de subir a verme, ni siquiera para darme la bienvenida a la casa?

–Supongo que papá iba a ordenar a Monique que subiera a tu habitación para llamarte –añadió, como si hubiera leído mi pensamiento–. Ven…, el comedor está abajo.

La seguí sin hacerle preguntas. No tenía apetito, pero en el caso de que lo hubiera tenido se habría disipado en el acto después de hablar con Chantal. En esos momentos me sentí menospreciado, casi olvidado, hasta el punto de que se me formó un nudo de angustia en la garganta, y lo consideré un mal presagio para mi futuro en aquella casa. Ignoraba hasta qué punto lo era y los sucesos terribles que iban a acontecer.

Una lámpara de pie hecha de bronce arrojaba un poco de luz, tan débil y amarillenta como las del pasillo y el cuarto de baño, a una pequeña parte de la planta baja, y daba al conjunto de la amplia estancia un aire mortecino, siniestro. El resto permanecía en penumbra. Mi prima se encaminó hacia la parte oscura, pidiéndome que fuera tras ella.

–¿Siempre hay tan poca luz en la casa? –le pregunté, mirando los techos y los muebles.

–Es suficiente. Además, no nos gusta mucho la luz, sobre todo después de haber pasado el día a pleno sol...; el sol de Haití quema, no todos pueden aguantarlo... Seguro que han dejado esta encendida pensando en ti.

Abrió una puerta al fondo del salón y me hizo pasar delante. Entré en una habitación grande, iluminada con otra lámpara de pie situada en uno de los rincones, desde donde se alzaba como un objeto de otro tiempo, como casi todo en aquella casa. El centro de la estancia estaba ocupado por una larga mesa de madera barnizada de negro, en torno a la cual había cuatro sillas vacías y dos ocupadas. Delante de cada una de ellas había platos, cubiertos, vasos y servilletas. Reconocí inmediatamente a tío Philip por las fotografías que había visto de él, si bien parecía más viejo que en ellas. La explicación era la misma que en el caso de mi primo Alfred, a quien no reconocí (como tampoco habría podido reconocer a Chantal si la hubiera visto fuera de la casa): habían transcurrido muchos años desde la última fotografía que nos enviaron, y el muchacho que tenía ante mí se asemejaba poco al que había visto fijado en la cartulina, con su aire fatigado y expresión triste, antes de emprender el viaje.

En cuanto me vieron entrar se levantaron para saludarme. Tío Philip era alto, bastante más de lo que había sido mi padre; tenía el pelo castaño, lucía una poblada barba entrecana y vestía una camisa de cuadros blancos y rojos y un arrugado pantalón gris oscuro. Alfred debía de tener dos o tres años más que yo, y su altura era casi la misma que la de su padre; sus cabellos eran también castaños, e iba vestido con una camisa blanca y un pantalón tejano. Tío Philip fue el único que sonrió al besarme. Cuando mi primo lo hizo, me di cuenta de que tenía una mirada distante.

–Veo que ya has conocido a Chantal –dijo mi tío–. Supongo que te habrá comentado cuánto lamentamos no haber podido ir a buscarte al barco. Hoy era un día especialmente difícil..., conflictivo. Pero no te quedes ahí de pie, siéntate –señaló las sillas que estaban libres–. Puedes ponerte donde quieras –añadió al ver que yo seguía inmóvil.

–¿Dónde se va a sentar tía Marge? Imagino que tendrá un sitio preferido y no querría ocuparlo.

Tío Philip intercambió una mirada con mis primos.

–Tu tía no va a bajar a cenar porque no se encuentra bien. Me ha pedido que la disculpes y que te dé un beso en su nombre.

–Lo sé –repuse, sentándome en una de las sillas; Chantal ocupó la de al lado.

–¿Cómo lo sabes? ¿Te ha dicho algo Alain? –inquirió mi tío frunciendo el ceño.

–No, ese hombre no habla mucho; ha sido Monique.

–¿Qué te ha contado?

–En realidad, nada..., solo me ha dicho que tía Marge está enferma y que tú me lo explicarías.

–Ya tendrás ocasión de saludarla mañana –cerró mi tío la conversación sobre su esposa.

A partir de ahí, todo se desarrolló con corrección, pero advertí que faltaban cordialidad y alegría. Yo estaba tan nervioso que apenas miré los detalles de la estancia. La anciana Monique sirvió la cena, la cual hicimos en silencio. Solo al final mi tío se mostró más expansivo y, mientras tomaba una copa de coñac y fumaba un grueso habano, me pidió que le contara cosas acerca de Inglaterra y, en especial, de Plymouth.

–El pasado abril se cumplieron treinta años desde que me marché –dijo, suspirando y cerrando los ojos como si reflexionara o estuviese haciendo un cálculo mental–, pero todavía soy capaz de recordar el ambiente, las calles, la forma de vida, el color del cielo... Supongo que ahora será distinto..., todo cambia, y no siempre para bien... –volvió a suspirar–. Discúlpame, quizá piensas que no tengo consideración y debería haberte preguntado antes por la muerte de tus padres.

–El abogado Tennyson te lo contó todo por carta –dije sin pestañear.

–Johnny..., ¿me permites que te llame Johnny? Yo ni siquiera conocía a tu madre, salvo por las fotografías...; por cierto, era una bella mujer.

–Sí, lo era –asentí; el recuerdo de mi madre hizo aflorar unas lágrimas a mis ojos, pues a mi dolor se añadía un punzante sentimiento de extrañeza y desamparo en aquel país y en aquella casa.

Mis primos nos observaban sin intervenir. Del habano que fumaba mi tío surgía un humo azulado que, tras formar arabescos en el aire, iba a perderse en la oscuridad de la estancia.

–No llores, Johnny, no he mencionado a tu madre para remover tu dolor. Ahora se abre ante ti una nueva vida; verás cómo con el paso del tiempo lo irás superando... Aunque no volví a ver a mi hermano, tu padre, lo seguía queriendo mucho y su muerte me causó un profundo dolor. Pero hay que aceptarlo, es inevitable, y más aún si se trató de un accidente de aviación. De otra forma podría haber sido distinto.

–¿Qué quieres decir?

Me di cuenta de que a tío Philip le temblaban las manos. Su expresión se había hecho ausente. Mis primos habían desviado su mirada de nosotros y parecían abstraídos contemplando el techo en penumbra.

–Nada –sacudió la cabeza–. No me hagas caso, ya irás conociendo este lugar. Hablando de eso, ¿has visto algo que te haya llamado la atención?

Esa pregunta me daba pie para comentarle todo cuanto había observado –y todo lo que me había desagradado– desde mi llegada, pero algo dentro de mí me incitó a callar. En cambio, le expliqué que viniendo en coche a la casa nos habían parado unos policías a los que Alain había llamado Tontons Macoute.

–Es un nombre gracioso –añadí.

–Será mejor que los olvides –dijo tío Philip con severidad–. No son el mayor atractivo de Haití...; es una gente muy peligrosa.

Un pesado silencio se instaló en el comedor después de esas palabras. Mi tío siguió fumando, ensimismado, lanzando volutas de humo hacia el techo, y mis primos permanecieron callados, lo cual me extrañó. Transcurridos unos minutos, tío Philip aplastó el habano en un cenicero y se levantó. Fue como una señal: Chantal y Alfred le imitaron, y comprendí que debía hacer lo mismo.

–Mañana te quedarás en casa, pues te conviene tomarte un día de reposo, pero a partir de pasado mañana vendrás con nosotros a la plantación. Todos trabajamos ahí.

–¿Y el colegio? Debo seguir estudiando –alegué, poco entusiasmado con la idea de trabajar en los campos de azúcar.

–Es verdad..., el colegio. Te confieso que no he tenido tiempo para pensar en eso. Lo arreglaré dentro de unos días; en la ciudad hay al menos una buena escuela, a la que van los hijos de los extranjeros... Y si no pudiera ser, trataría de encontrar a una persona que viniera a impartirte clases, pues de ese modo compaginarías los estudios con el trabajo en la plantación. Ya te he dicho que me gustaría que vinieras con nosotros.

–Pero... –intenté protestar.

–No te preocupes, me encargaré de ello –insistió mientras se levantaba de la silla, dando por terminada la sobremesa.

Chantal y Alfred también se levantaron y, al verlo, los imité. Fui el primero en salir del comedor. La conversación con mi tío no me había tranquilizado, sino que había incrementado mi recelo. Miré con aprensión la estancia que hacía las veces de vestíbulo. Todo estaba igual: la luz en un rincón y el resto sumido en la penumbra. Me sorprendía que mis primos no hubieran hablado nada durante la cena, y eso contribuyó a aumentar mi sensación de soledad.

Tío Philip y sus hijos se rezagaron, dejando que yo me encaminara hacia la escalera, y reparé en que estaban cuchicheando. No pude entender todo lo que decían, pero percibí unas palabras de Alfred.

–Tarde o temprano tendrá que saberlo. ¿Cuándo se lo piensas decir?

¿A qué se refería mi primo? ¿De qué debería enterarme? Estaba seguro de que en aquella casa había algo que ignoraba, algo que explicaba la atmósfera de misterio que la envolvía.

Capítulo segundo

Una noche extraña

Oí el sonido de los tam-tam cuando ya me encontraba solo en mi habitación. Como era demasiado pronto para acostarme, antes de tumbarme en la cama quise quedarme leyendo un rato, sentado en la silla del escritorio. Había empezado a releer uno de mis cuentos preferidos de Poe, «El hundimiento de la casa Usher», y aunque enseguida me di cuenta de que no era la lectura más adecuada para ese momento, teniendo en cuenta mi situación, mi estado de ánimo y el lugar donde estaba, volví a quedar fascinado por el personaje de Roderick Usher y por la belleza del estilo del escritor.

Pero no tuve tiempo para acabar de leerlo. El sonido de los tam-tam me distrajo y no pude seguir. Al principio no hice caso, mas no logré concentrar mi atención en el cuento. Era como si cada golpe de percusión penetrara a la fuerza en mi mente para expulsar de ella las palabras del autor y dejar en su lugar los ecos de un sonido distante, monótono, que pese a la lejanía parecía traspasar las paredes de la estancia. Tenía algo de hipnótico atractivo, como una llamada remota hecha desde algún punto de la plantación. Apagué la luz para ir a mirar a través de la cristalera. Los campos eran una densa masa de oscuridad en la que no se veía nada, pero era innegable que alguien se dedicaba a tocar el tambor. Una pequeña nube pasó por delante de la luna, oscureciendo todavía más el paisaje.

No dudé en salir al balcón. La noche era húmeda y calurosa, el sonido de los tam-tam llegaba con mayor claridad y hasta me pareció oír por debajo de la percusión algo semejante a los sones de una flauta, aunque no lo fuera.

Yo había estudiado música desde mi infancia, y la flauta era, con el piano, mi instrumento predilecto, por lo que estaba en condiciones de reconocer su peculiar sonido. Aquel no era el de una flauta, solo se le parecía. Al mismo tiempo percibí un cántico; no se trataba de un canto al modo de las clásicas polifonías occidentales, a las que mis oídos estaban familiarizados, sino de algo muy distinto, una monodia excitante, tensa, salvaje, que no tenía nada que ver con ellas. Y los tam-tam, el cántico y aquello que se asemejaba a una flauta siguieron sonando en un crescendo enloquecido.

La nube se había separado de la luna y una luminosidad plateada bañaba el paisaje desde la casa hasta la primera línea del campo de cañas, aunque todo permanecía inmóvil delante y detrás de ella. El conjunto no era bello, pero desprendía un atractivo hechicero. Solo entonces reparé en la presencia de Chantal, de pie entre el edificio y el campo. Estaba mirando las cañas, su cuerpo oscilaba al dictado de la música, como poseída por ella, y de vez en cuando movía los brazos en dirección al campo. Lo primero que pensé fue que la conjunción del excesivo calor y aquellos sonidos le habían impedido conciliar el sueño.

La humedad, mucho más intensa que la de Plymouth, me estaba haciendo sudar hasta el punto de que tenía empapado el cuello de la camisa. Después de haber visto a Chantal decidí bajar a hablar con ella porque me pareció no solo que tenía ante mí una buena ocasión para intentar conocerla mejor, sino también que podría explicarme qué eran ese cántico y esa música; así pues, apagué la luz del dormitorio y salí al corredor sin olvidarme de cerrar la puerta.

Fui recibido por una oscuridad total. Mi tío, Alfred y la anciana Monique debían de haberse acostado, porque no vi brillar ni una sola luz en la casa. Busqué a ciegas la barandilla con el propósito de guiarme por ella en medio de la negrura, y bajé lentamente. Desde la escalera seguía oyendo la música y el cántico, si bien con mayor tenuidad. Al atravesar el rellano del primer piso creí detectar un movimiento proveniente del pasillo izquierdo, algo así como unos pasos y un frufrú de ropas, pero no hice caso, interesado como estaba por hablar con Chantal.

Aparte de ese rumor, del canto y de la música, no se oía nada dentro de la casa. Atravesé despacio el vestíbulo, con cuidado de no tropezar con uno de los muebles o con cualquier otro objeto, y abrí la puerta. Ante mi sorpresa y decepción, fuera no había nadie. En vano busqué a Chantal alrededor de la casa, pues no encontré ni el menor rastro de ella. Creyendo que podía haber ido al jardín, me encaminé hacia allí, pero todo indicaba que no había nadie, y aunque no vi a mi prima, aproveché la ocasión para adentrarme en él. De ese modo me vi ante la estatua que a mi llegada me había parecido distinguir detrás de la vegetación. Era una fuente, y el sonido del agua provenía de ella. Consistía en la estatua de piedra de un ser monstruoso dotado de un único ojo al modo de los míticos cíclopes, erigida de pie sobre unos rostros de seres humanos con expresiones aterradoras. Tenía el cuerpo como ulcerado por una espesa capa de musgo y el agua fluía a chorros de su ojo y de su boca abierta para caer en un pequeño estanque, cuyas orillas estaban pobladas de nenúfares en los que la luna ponía un fulgor argentino. Nadie habría podido negar que era una figura horrible y, al mismo tiempo, fascinante. El sonido conjunto del cántico y la música la hacía más extraña aún vista a la luz de la luna, como si fuera una pétrea aparición nocturna en un feérico jardín, saludada por las voces y los tam-tam.

Aquella fuente era la única cosa que me había resultado atractiva de toda la vivienda, a pesar de la monstruosa estatua, y por ello me animé a seguir paseando por el jardín. No era tan grande como me había parecido de lejos, pero tenía encanto, a lo que ayudaba el efecto visual de las inmateriales caricias de la luna sobre las plantas y el olor a flores que impregnaba el aire. Eso era también lo único que hacía pensar en algo vivo en aquella casa. Recorrí el jardín siguiendo un estrecho sendero de piedra, flanqueado por árboles de troncos gruesos y densas copas, el cual daba la vuelta en torno a un cúmulo de plantas hasta quedar interrumpido por una especie de puerta vegetal tras la que se abría la oscuridad, igual que en los corredores del caserón. Sin embargo, era una oscuridad diferente, menos artificial: era fruto natural de la noche y no de una orden de tío Philip.

Franqueé la puerta sin dudarlo. El jardín seguía al otro lado, pero era un laberinto de enmarañada vegetación en cuyo centro se alzaba un cenador de hierros oxidados, con forma de templete. Tenía el aspecto de llevar muchos años sin ser utilizado, y pensé con cierto dolor que quizá habría sido diferente vivir en esa casa cuando mis parientes se reunían en él por las noches para cenar y charlar. La cúpula terminaba con una imagen, asimismo de hierro, similar a la de la fuente de la entrada. Las hojas secas se amontonaban en el suelo, a la manera de una tupida alfombra, y desprendían el aroma característico de la putrefacción vegetal. El conjunto poseía la innegable e inquietante belleza de los restos del pasado, realzada por la luz de la luna y la absoluta quietud que allí reinaba.

Estuve un rato contemplando aquel lugar con ánimo soñador, hasta que al darme la vuelta, dispuesto a regresar a la casa, vi que algo se movía entre la vegetación. Era una figura humana vestida con ropas claras que destacaban en la oscuridad, y di por sentado que me había equivocado al asomarme al jardín y que mi prima debía de haber tenido la misma idea de dar un paseo antes de acostarse.

–¡Chantal! –la llamé.

Nadie contestó. Eché a caminar, decidido, hacia el lugar por donde había visto aparecer y desaparecer la figura, deteniéndome de vez en cuando para mirar en torno mío en busca de su rastro. Entonces, mezclado con el cántico y la música, percibí un grito que me hizo detenerme, estremecido. El grito se repitió. Habían sido gritos de dolor y sus ecos permanecieron en mis oídos, como grabados a fuego. Todo seguía quieto, pero, a raíz de oír esos gritos, la sensación de estar rodeado de vida que había experimentado poco antes, al entrar en el jardín, volvía a ser, igual que en la casa, una sensación de estar rodeado de muerte. Hasta el fulgor de la luna tenía en ese instante algo de siniestro.

–Chantal..., soy John –volví a llamar a mi prima, convencido de que era ella a quien había visto.

Acababa de oír crujir la vegetación, pero fue inútil que insistiera en llamar a Chantal. En ese momento vi surgir a mi tío entre la maleza y pensé que le había confundido con mi prima, pero enseguida comprendí que no, porque él vestía ropas oscuras. ¿Por qué se habría cambiado de ropa después de cenar?

–¿Qué demonios haces aquí? –me preguntó.

Estaba visiblemente alterado. Su acogida en el comedor no había sido un dechado de amabilidad, pero ahora su expresión era hostil.

–¿Se puede saber qué estás haciendo aquí? –repitió con un tono todavía más duro.

Su actitud me amedrentó. Quería responderle que no había hecho más que ir a pasear por el jardín de la casa donde iba a tener que vivir, con objeto de familiarizarme con ella, pero callé como si reconociera haberme comportado de forma incorrecta. Mi tío seguía mirándome de modo casi amenazante, sin parpadear siquiera.

–Deberías estar en tu dormitorio –me reprochó.

–Aún no conozco los horarios y las costumbres que rigen en esta casa –repuse en un tímido conato de rebeldía.

–Johnny, las noches son peligrosas en Haití –me dijo, en apariencia más calmado–. Si quieres conocer nuestro jardín, tienes tiempo suficiente por el día para poder hacerlo.

El cántico había cesado de repente y solo oí como fondo los tam-tam.

–Había alguien por el jardín...; pensé que podía ser Chantal –aduje.

–¿Y qué iba a hacer Chantal por aquí a estas horas?

–La he visto antes, delante de la casa. Estaba escuchando desde el balcón el cántico y los tam-tam, y he bajado para hablar con ella. También he oído unos gritos...

Tío Philip tenía la frente perlada de sudor y respiraba con agitación, como si le costara esfuerzo.

–Los tam-tam..., sí, comprendo que te hayan llamado la atención, pero tendrás que ir acostumbrándote a ellos; la gente de aquí los toca a menudo, forman parte del color local –dijo sin hacer referencia a los gritos–. Dime, ¿a quién has creído ver?

–Estoy seguro de que he visto a una persona.

–Me has visto a mí –aseveró mi tío.

–La persona que he visto vestía ropas claras y las tuyas son oscuras…; no, no eras tú.

–Era yo, Johnny, era yo…; te ha debido de engañar la luz de la luna. Hace rato que estoy por aquí. Ahora ve a acostarte, es tarde.

Lo dijo con un tono que no admitía réplica, por lo que enfilé el camino de vuelta al caserón. Me volví a mirarlo antes de traspasar el pórtico vegetal y advertí que no me perdía de vista. A esa distancia, solo su rostro ponía una nota humana en la oscuridad. No, estaba completamente convencido de que no era él a quien había visto.

Me detuve unos instantes en el porche para mirar el campo de cañas de azúcar. Había tenido ocasión de ver más de una casa quieta, callada durante el día y la noche, pero aquel silencio y aquella quietud resultaban anómalos, como si tuvieran más que ver con la muerte que con la vida. Los tam-tam eran un insistente reclamo lejano. Me prometí a mí mismo que, dijera lo que dijese tío Philip, si volvía a oírlos otra noche, iría en busca del lugar donde sonaban para comprobar de qué se trataba, qué clase de fiesta o ceremonia se estaba celebrando.

La puerta de la casa se hallaba abierta, lo cual me resultó extraño, dadas las severas instrucciones de mi tío y la firmeza con que había manifestado que Haití era un lugar peligroso por la noche. Dentro no había luz ni se percibía movimiento alguno. Solo un silencio pesado…, sepulcral. ¿Cómo se me había ocurrido llamarlo así? ¿Tan seguro estaba de que la atmósfera del caserón era mortuoria? ¿Y por qué ese empeño de todos en no permitirme ir a saludar a tía Marge, teniendo en cuenta que yo había hecho un largo viaje desde Inglaterra?

A medida que iba subiendo por la escalera y se acentuaba el olor a cerrado pensaba más en la enferma. Tío Philip podía decir lo que quisiera, pero no me parecía correcto no haberme presentado todavía a ella aunque estuviera postrada en el lecho. La anciana Monique me había dicho que la habitación de mi tía se hallaba situada en el primer piso, debajo de la mía. ¿Y si entrara, a pesar de lo intempestivo de la hora? En esos momentos me contentaba con poder verla, con saber que existía, aun sin necesidad de intercambiar ni una sola palabra con ella.

Molesto por la negrura, que me impedía moverme con normalidad por la casa, y recordando que la prohibición de dar las luces se limitaba a las horas diurnas, busqué un interruptor por la esquina del pasillo del primer piso y lo pulsé. La bombilla era también de escaso voltaje y derramaba la misma luz amarillenta que las otras, pero bastó para permitirme ver el corredor, parecido en todo al del segundo piso: igual de oscuro, siniestro y silencioso; incluso las puertas eran idénticas, hasta el extremo de que cualquiera que no estuviera familiarizado con la casa podría confundirlos fácilmente. Mi imaginación, exaltada por lo que había visto y oído a lo largo de la noche, me instó a creer que detrás de cada una de aquellas puertas se ocultaba un enigma; más aún: que toda la casa era un enigma. Pero solo me interesaba la que debía de corresponder al dormitorio de tía Marge.

Me aproximé a ella, de acuerdo con la idea de que estaba debajo de la mía, y apliqué un oído a la hoja de madera. ¡Si al menos oyera respirar a mi tía..., sabría que estaba realmente allí! ¡Si pudiera percibir cualquier ruido que denotara su presencia al otro lado de la puerta! Por más que me esforcé, no conseguí oír nada. Sin apartar el oído de la puerta, llevé una mano hacia el pomo. En realidad, no pretendía entrar –cada vez era más consciente de que era demasiado tarde para hacerlo–; solo asomarme y verla tendida en el lecho. Necesitaba que mi tía fuera más que un nombre, más que la figura que había visto en las fotografías; necesitaba a una persona real que cuando se recuperara me diera el cariño que echaba en falta.

Abrí la puerta, pero no tuve tiempo de ver nada que no fuera una inmensa oscuridad sin matices. Monique, que había aparecido detrás de mí, me cogió por un brazo y la cerró con la otra mano.

–Será mejor para usted que el señor Walcott no se entere de lo que acaba de hacer –dijo en voz baja–. No le gustaría nada.

–¡Quiero ver a tía Marge! –argüí.

–No se encuentra bien, ya lo sabe.

–¿Acaso está en cuarentena porque padece una enfermedad contagiosa? –pregunté con cierta insolencia.

–¿Contagiosa? –rió quedamente y sus pulmones emitieron un silbido de asmática–. Ya lo creo que es contagiosa..., es lo más contagioso que hay en el mundo. Hágame caso: vaya a su dormitorio y olvídese de esta habitación y de su tía hasta que el señor Walcott se lo permita.

Su expresión se había hecho dura y denotaba que no tenía la intención de decirme nada más. Me encogí de hombros para darle a entender que no me sentía culpable por lo que había hecho, abandoné el corredor y empecé a subir al segundo piso. Antes de llegar, la escalera volvió a quedar sumida en la negrura, por lo que deduje que Monique debía de haber apagado la luz, pero no me resultó difícil llegar a mi habitación, aunque tuve que hacerlo a oscuras. Para entonces, los tam-tam habían callado y sobre la casa pesaba el silencio. No di la luz para desnudarme. Y si no lo hice, no fue por seguir las instrucciones de mi tío, que, como he dicho, carecían de efecto por la noche, sino para abstraerme de la sordidez y tristeza de todo cuanto me rodeaba.

Mi primera jornada en Haití, si bien pródiga en detalles extraños, no podía haber sido más decepcionante. Continuaba sintiéndome solo, ajeno a la casa y falto de cariño, pero me consoló algo pensar que tal vez se debía al efecto que me había producido verme en un país y entre una gente que, al fin y al cabo, todavía me resultaban desconocidos. Quizá también a causa del calor y la humedad, la cual se metía hasta los huesos. Probablemente la situación sería distinta cuando me acostumbrara a mis parientes, al clima y al país.

Abrí la cama en cuanto entré en el dormitorio, pero como no me apetecía acostarme, fui de nuevo al balcón. Esta vez, la uniformidad y la quietud del paisaje se rompían a causa de unas luces que se movían por el campo, y no tuve necesidad de esforzarme demasiado para descubrir que se trataba de antorchas. Había alguien merodeando por la plantación. Esperé un rato con el fin de averiguar si veía algo más, y mi curiosidad fue recompensada: no tardé en ver surgir a Alain entre las cañas. Portaba una antorcha, y detrás de él aparecieron seis hombres de color, tres de ellos también con antorchas. Los otros caminaban en medio, muy erguidos, y lo hacían de una manera mecánica, como si tuvieran problemas para moverse; iban cargados con tres recipientes de color rojo.

Se detuvieron inmediatamente y me percaté de que Alain estaba mirando hacia el edificio. Quizá hacia mi balcón. No tenía necesidad de ocultarme, ya que después de todo me encontraba en la casa donde iba a tener que vivir en lo sucesivo, lo cual me autorizaba a estar allí, y además era sobrino de su propietario, pero retrocedí para evitar que me observara. No obstante, todavía pude ver a tío Philip mientras salía del porche y se dirigía hacia ellos. Temiendo que me descubriera en el balcón, no volví a salir, aunque me quedé con ganas.

Hacía mucho calor, las sábanas estaban como humedecidas y se adherían pegajosamente al cuerpo. Desasosegado, empecé a dar vueltas en la cama, a ratos con los ojos cerrados y otros mirando al techo, en el que creí advertir dibujos de formas monstruosas. Cada vez que me esforzaba por conciliar el sueño, lo impedía la lista de recuerdos que me había legado la noche: la figura clara del jardín, la mirada hostil de tío Philip, la triste expresión y el mutismo de mis primos y la rígida forma de caminar de los tres hombres a los que había visto salir del campo con recipientes de cristal. Pero al fin logré quedarme dormido, aunque acosado por unas imágenes siniestras que me desvelaron en más de una ocasión.

A las siete y media de la mañana me despertó el sol, que penetraba en el dormitorio hasta los pies de la cama. De momento, eso me reconfortó y tuve la ilusión de que había abierto los ojos en un lugar diferente, pero mi ánimo se ensombreció cuando, tras pasear la mirada por las paredes desconchadas, reconocí que me hallaba en el mismo sitio donde los había cerrado. Intenté animarme pensando que disponía de todo un día para recorrer a mi antojo la casa y sus alrededores, y me prometí a mí mismo que sabría aprovechar el tiempo. ¿Podría ver por fin a tía Marge?

Se lo pregunté a Monique en cuanto bajé a desayunar al comedor, cuyas ventanas se mantenían cerradas, igual que por la noche. La anciana no había cambiado de actitud hacia mí.

–Eso es cosa del señor Walcott –repuso–. Yo soy una trabajadora y no debo interferir para nada en los asuntos privados.

–Dígame algo al menos, Monique. Anoche oí unos cánticos y música de tam-tam...; estuvo sonando durante mucho rato. ¿Qué era todo eso?

–Vudú –repuso tranquilamente.

Yo había oído hablar del vudú, incluso había leído algunos cuentos y visto algunas películas sobre el tema, y gracias a ello sabía que era algo así como una religión importada a las Antillas por los esclavos africanos que exigía la celebración de determinados rituales de naturaleza siniestra, pero creía que pertenecía al pasado. Y así se lo dije a Monique.

–Esto es Haití –la anciana parecía obstinarse en querer explicar siempre todo con esas palabras–. El vudú nunca desaparecerá de esta tierra; está en la sangre de quienes vivimos aquí.

–¿Y se practica todas las noches? –insistí.

–A menudo.

–Algo más, Monique... ¿Trabajan en la plantación por las noches? Se lo pregunto porque vi a Alain con seis hombres saliendo del campo...

–Hay mucho que hacer. Alain supervisa los trabajos nocturnos, pero esas cosas debe preguntárselas al señor Walcott... Yo no soy la dueña; me limito a trabajar en la casa.

Las respuestas de la anciana no me sacaron de dudas. Después de haber desayunado un café con leche y unos bollos, sorprendentemente sabrosos, salí de la casa. Había cogido el libro de cuentos de Poe –hacía tiempo que tenía ganas de releer alguno– y el transistor que había traído conmigo en el equipaje, y con ellos en las manos me dirigí al jardín. Me había propuesto dedicar la mañana a leer, escuchar música y echar un detenido vistazo al lugar donde había visto a tío Philip y la figura vestida de claro. No lo hacía movido por un afán detectivesco, pero quería averiguar cuántas pisadas diferentes detectaba por aquella parte del jardín, pues seguía pensando que había visto a alguien más aparte de mi tío.

A la luz del día, la estatua de la fuente resultaba igual de monstruosa, y las expresiones de los hombres y mujeres pisoteados por el ser de un solo ojo eran tan espeluznantes como las de los atormentados seres que aparecen en el cuadro de El Bosco *El triunfo de la muerte*. En el conjunto de aquella fuente había algo insano y maligno que la luz solar no podía ocultar. Por lo demás, el aroma del jardín seguía siendo agradable, aunque quizá menos intenso que por la noche. El sol realzaba el vivo colorido de las plantas y las flores. Conecté el transistor y busqué con el dial hasta dar con una emisora que estaba transmitiendo el *Concierto para piano y orquesta n.º 5, «Emperador»,* de Beethoven, una obra que me fascinaba. En esos momentos empezaba a sonar el segundo movimiento, *adagio un poco mosso,* tan bello, tan sereno, y al mismo tiempo tan misterioso, y dejé que mi mirada vagara soñadora por el jardín, esforzándome por verlo con otros ojos. Tenía ganas de encontrar algo a lo que poder asirme sentimentalmente. Con aquella música esparcida por el aire, hasta la repugnante estatua de la fuente parecía más hermosa, y escuchándola traspasé el umbral por el que se accedía a la parte más salvaje del jardín.

Sentí una punzada de melancolía al ver de nuevo el viejo cenador, al que la música parecía acariciar nostálgicamente con sus dedos invisibles, en el nombre de otro tiempo. Si por la noche era la imagen misma del abandono, por el día aún daba mayor impresión de olvido: estaba seguro de que mis familiares ni siquiera debían de acercarse a él en sus paseos..., si es que los daban. De buena gana me habría quedado leyendo un cuento entre aquellos hierros cubiertos de herrumbre, en aquel lugar del que se desprendía tanta tristeza, pero me había propuesto buscar huellas de pisadas. Tenía cierta práctica en eso porque de niño, en Plymouth, había jugado a detectives con mis buenos amigos, atraídos por el romanticismo de las antiguas historias de investigación, a lo Doyle o a lo Blackwood.

Pronto me di cuenta de que no resultaba tan fácil como había creído, pero eso no me hizo desistir y, después de un derroche de paciencia que mis amigos habrían encontrado insólita tratándose de mí, hallé por fin unas huellas de zapatos correspondientes a un hombre alto y, a juzgar por la hondura de las pisadas, bastante corpulento. Debían de pertenecer a mi tío. Junto a ellas había otras más pequeñas que daban la impresión de haber sido hechas con los pies descalzos. El descubrimiento me dejó perplejo, no porque apuntara a que tío Philip había mentido –estaba claro que alguien más aparte de él había caminado recientemente por aquella parte del jardín–, sino por la desnudez de los pies. ¿De quién podían ser las otras pisadas? ¿De Chantal? ¿De Alfred? Y, quienquiera que fuese, ¿por qué iba descalzo? Es cierto que hacía mucho calor también por la noche, pero a mi modo de ver era extraño que caminara sin zapatos, teniendo en cuenta que abundaban las piedras y había no pocas ramas rotas por el suelo, por lo que se arriesgaba a producirse una herida.

De todas formas, el hallazgo me satisfizo, pues demostraba que no estaba equivocado. Regresé al cenador; sentado en la alfombra de hojas muertas, que desprendían un olor dulzón, y apoyado contra los hierros herrumbrosos sin temor a ensuciarme la camisa, estuve reflexionando un buen rato sobre las pisadas; después leí otro cuento, «Berenice», acompañado siempre por la música que transmitía la radio en lo que parecía un programa dedicado a la música romántica, ya que a Beethoven siguió un ciclo de *lieders* de Schubert y Brahms.

En torno al mediodía regresé a la casa. Tenía sed, y como no me fiaba de que el agua de la fuente fuera potable, la primera cosa que hice fue buscar la cocina por la planta baja. La encontré en el lado opuesto a donde se hallaba el comedor, y, como era previsible, la puerta estaba cerrada, pero sin llave. Esperaba ver a Monique en ella, pero no había nadie. Dejé el transistor y el libro encima de la mesa. El frigorífico estaba en un rincón y di por supuesto que dentro habría alguna botella o alguna jarra con agua fría, pero no vi ni una cosa ni otra. En realidad, su único contenido era un recipiente de cristal similar a los que había visto por la noche en manos de los hombres de color mientras salían del campo de cañas, cubierto con un paño por la parte de arriba. La curiosidad pudo más en mí que cualquier otra consideración; lo saqué de la nevera, aparté a un lado el paño, lo abrí, y no pude evitar un grito de asco al ver que estaba lleno de un líquido rojo y espeso: sangre.

Estuve a punto de tirar el recipiente al suelo, pero conseguí controlarme y lo dejé donde estaba, mientras una náusea subía de mi estómago a mi garganta.

–¿Qué está buscando, joven Walcott? –oí la voz de Monique–. Si desea algo, pídamelo.

Me volví sobresaltado y cerré de golpe la puerta del frigorífico. La anciana había entrado en la cocina y me estaba mirando con una expresión neutra, aunque con los ojos desmesuradamente abiertos, hasta el extremo de que parecía que iban a salirse de sus órbitas. Las arrugas de su rostro y su cuello estaban más pronunciadas que nunca.

–Quería beber agua fría... –repuse, tartamudeando un poco.

–En esta casa nadie bebe agua fría; no es bueno para la salud. Si tiene sed, le preparé agua con lima.

–No, gracias, Monique; bastará con agua normal.

No le comenté nada acerca del recipiente que había visto. La anciana llenó un vaso en el grifo y me lo ofreció con una mirada recelosa.

–¿Solo quería agua, joven Walcott?

–Nada más por el momento –repuse, devolviéndole el vaso vacío–. ¿A qué hora podré comer?

–Le prepararé algo en cuanto lo desee... Como el señor Walcott y sus hijos no suelen comer en casa, no se sigue ningún horario para las comidas; eso va a depender de usted.

–¿Y cuándo come mi tía?

–Sigue una dieta exclusiva...; no es la comida de los demás.

–Está bien, Monique, comeré ya. Puede subírmela a mi habitación.

–¿Arriba? –preguntó extrañada.

–Si mi tía lo hace en su dormitorio, no veo por qué no puedo hacerlo yo en el mío –repuse con frialdad–. Y por cierto, mi nombre es John; no me gusta eso de joven Walcott.

Cuando salí de la cocina, sin olvidar el libro y el transistor, dejé a Monique murmurando en voz baja algo ininteligible que no tenía nada que ver con el idioma francés ni con el inglés. Cada minuto que transcurría me sentía más incómodo en esa casa, y por ello subí al dormitorio sin detenerme siquiera a mirar el corredor donde se hallaba la habitación de tía Marge. Deseaba con todas mis fuerzas que mi tío encontrara un puesto para mí en el colegio del que había hablado la noche anterior y se olvidara de su idea de hacerme ir a la plantación, porque eso me permitiría al menos pasar una buena parte del día fuera de la casa.

Monique llegó enseguida llevando en una bandeja la comida y un vaso de agua. Consistía en un plato de ensalada y un par de chuletas con patatas. La desgana con que empecé a comer se convirtió en aprensión a partir del momento en que, al llevarme a la boca una hoja verde, advertí la presencia de un gusano blancuzco en ella. Eso me hizo escupir con repugnancia el bocado y observé, casi con morbosa fascinación, cómo el animal se retorcía. La carne estaba sanguinolenta, y al recordar el contenido del recipiente del frigorífico se me revolvió el estómago. No pude seguir comiendo. Tampoco me apetecía el agua. Saqué la bandeja al pasillo para depositarla en el suelo, dejando también en ella la hoja con el gusano, y llevé al balcón la silla con el propósito de quedarme un rato al sol, de espaldas al dormitorio. Tal vez por ello no me percaté de cuándo Monique retiró la bandeja. El sol describió pronto su curva pasando al otro lado del edificio, dejando en la sombra el balcón y frustrando así mi plan, pero a cambio de eso me permitió ver mejor las primeras hileras de cañas.

Esa tarde aprendí algo: que el tiempo parecía transcurrir con más lentitud en Haití que en mi país, pues las horas se me hicieron eternas hasta que el paisaje oscureció y el crepúsculo coloreó la tierra con un matiz anaranjado que enseguida se hizo más oscuro. Tenía ganas de que llegara la noche para salir de mi soledad, aunque solo fuera durante unas horas con la compañía de unas personas a las que no acababa de comprender.

Sin dar la luz, estuve mirando el campo a través de la cristalera del balcón, para estar atento a la llegada de mi tío y mis primos. Sin embargo, debieron de aparecer por otra parte, ya que me cansé de esperar sin haber podido ver otra cosa que el monótono paisaje de cañas, cada vez más oscuro. El cielo se había convertido en un hervidero de estrellas. Según mi reloj, era la misma hora de la noche anterior, cuando había encontrado a Chantal al descender al vestíbulo. No es que tuviera apetito, y menos todavía si rememoraba lo que me había sucedido durante la comida, pero pensé que era el momento de bajar.

No me arredró la oscuridad; al contrario, en un gesto que quise entender como desafiante, di la luz de la escalera e inicié el descenso, iluminado por el débil resplandor amarillento característico de la casa. Al llegar al primer piso divisé un bulto blanco en la oscuridad del corredor del lado izquierdo y me detuve porque me pareció que estaba ante la puerta de la habitación de mi tía. Di unos pasos hacia allí.

–Tía Marge… –llamé.

Vi abrirse la puerta de la habitación, y la figura de blanco desapareció por ella. Estaba decidido a seguirla cuando me di cuenta de que había alguien más. Era Chantal. Mi prima cerró desde el pasillo la puerta de la habitación de tía Marge y vino hacia mí.

–Iba a subir para advertirte de que es la hora de la cena –dijo.

–¿Era tía Marge? –pregunté, señalando la puerta cerrada.

Chantal asintió, y solo dijo:

–Vamos, bajo contigo.

No habló más y, en vista de su silencio, también permanecí callado hasta que entramos en el comedor. Igual que la noche anterior, tío Philip y Alfred estaban esperando sentados a la mesa. Ambos se interesaron por saber la forma en que había pasado el día –no así mi prima, quien siguió encerrada en su mutismo–, y cuando dije que me había sentido a gusto leyendo por la mañana en el cenador del jardín, me confirmaron que no utilizaban ese lugar desde hacía muchos años. Por supuesto, callé lo referente a las huellas. Después de haber visto, más bien entrevisto, a tía Marge, crecía mi sospecha de que la figura del jardín era ella.

–Cuando Alfred y Chantal eran niños solíamos cenar en ese sitio…; eran otros tiempos, pero, como te dije ayer, todo ha cambiado –estaba diciéndome tío Philip, aunque yo, abstraído con mis pensamientos, no había escuchado sus anteriores palabras.

Esperé a que Monique saliera del comedor después de habernos servido la cena para decir:

–Acabo de ver a tía Marge en el pasillo.

Tío Philip y Alfred dirigieron a Chantal una mirada gélida que la forzó a desviar la suya hacia el mantel, y a eso siguió un largo silencio. Yo creía que mi tío iba a aprovechar mi intervención para hablarme al fin de su esposa, pero me equivocaba.

–Hoy he podido acercarme a la ciudad para tratar de solucionar lo de la continuidad de tus estudios… No quiero que en el futuro puedas reprocharme que no lo hice –dijo–. En estas fechas tan avanzadas no hay ninguna posibilidad de apuntarte en el colegio del que te hablé, pero allí mismo me han recomendado a un hombre que ejerció como profesor en él y quc te puede impartir clases particulares durante unos meses, hasta que comience el nuevo curso. De esa manera no perderás el hilo de tus estudios. Es inglés y se llama Benjamin Perkins. También he hablado con él. Hemos acordado que empezará mañana mismo.

Tenía ganas de decirle: «Todo eso está muy bien, pero ¿qué sucede con tía Marge?». En vez de eso, le pregunté:

–¿Por qué no hay espejos en la casa?

–Es un especialista en historia y en lengua y literatura inglesas –añadió mi tío sin hacer caso a mi observación.

Comprendí que no iba a sacar nada haciéndole más preguntas sobre mi tía y la casa.

–Me parece estupendo... ¿Eso significa que no tendré que ir a trabajar a la plantación? –quise saber.

–De momento no, ya veremos qué hacer más adelante.

Entonces intervino Alfred. Desde mi llegada apenas había pronunciado un par de palabras delante de mí, y eso me hacía suponer que mi presencia le era indiferente, por lo que me sorprendió oírle preguntar a su padre:

–¿Has dicho Ben Perkins? ¿Te refieres a ese borracho norteamericano del que todos hablan en la ciudad? No creo que sea el profesor más adecuado para nadie.

–Perkins tuvo problemas con el alcohol hace años, pero los ha superado... ¿Quién no ha tenido problemas alguna vez en su vida? Me han asegurado que es un buen enseñante –repuso mi tío con sequedad.

Con ello dio por zanjado el asunto y tampoco demostró haber oído lo que yo había dicho de tía Marge y la casa. Nadie dijo nada más durante el resto de la cena, que por fortuna estaba hecha a base de pescado. Cuando concluimos, tío Philip encendió uno de sus habanos.

–Acompáñame, Johnny, quiero hablar contigo a solas –me dijo.

Fue la primera vez que me miró Chantal desde que habíamos entrado en el comedor, y me pareció detectar un brillo de alarma en sus ojos. Vi que se disponía a decir algo, pero su hermano la hizo callar con un gesto. Intrigado, me levanté para seguir a mi tío fuera del comedor. Creía que íbamos a sentarnos en el vestíbulo, pero me hizo salir al porche, donde se acomodó en la mecedora, y sin dejar de atender a su habano me pidió que me sentara en el suelo.

–A no ser que prefieras coger una silla del vestíbulo –agregó.

–Es igual, estoy cómodo aquí.

Tío Philip suspiró antes de volver a hablar. Por su expresión, era evidente que se sentía molesto o que no sabía por dónde empezar.

–Estoy convencido de que te habrá extrañado todo cuanto has visto por aquí... Haití es un país bastante peculiar..., diferente.

–Lo que me ha extrañado es no haber podido saludar todavía a tía Marge –aseguré, mirándole a la cara.

Mi respuesta pareció turbarle, pero lo solucionó dando una intensa calada a su habano. El humo se esparció por el aire dejando un olor desagradable.

–Si vas a vivir aquí con nosotros, tienes que saberlo, Johnny, no podemos mantenerlo mucho tiempo en secreto. Tarde o temprano te enterarías por ti mismo, y prefiero ser yo quien te lo diga... Mejor dicho, debo ser yo quien lo haga.

Tardó más de un minuto en añadir:

–Tu tía Marge murió hace cinco años.

Capítulo tercero

Ceremonia vudú

ME quedé mirando a mi tío sin saber cómo reaccionar a su revelación. Sus palabras daban vueltas por mi mente como si esta se negara a aceptarlas, y menos todavía a asimilarlas. Tenía la sensación de estar viviendo un mal sueño, y fue necesario que mirara varias veces a mi alrededor para darme cuenta de que todo cuanto me rodeaba era real: el porche, la casa, la mecedora, tío Philip y hasta yo mismo.

–Murió hace cinco años –repitió–. Fue a consecuencia de unas fiebres...; el médico no pudo hacer nada para salvarla..., no tardó ni una semana en fallecer.

–No lo sabíamos, nadie nos lo dijo –llegué a murmurar al fin con voz débil, aunque sin tono de reproche–. ¿Muerta tía Marge? Pero si es así, ¿quién ocupa su dormitorio? ¿Por qué Monique me ha dicho que tía Marge está enferma y debe seguir una alimentación especial? Además, esta noche he visto a alguien entrando en esa habitación.

–Si no os lo hice saber, fue porque los primeros días ni tus primos ni yo nos hicimos a la idea de que había muerto, nos negamos a aceptarlo. Luego ya no hizo falta.

–No lo entiendo, ¿por qué no hizo falta?

En lugar de responder a mi pregunta se quedó mirando pensativamente el campo de cañas.

–Pero… –balbucí– yo creía que estaba viva, e incluso estaba dispuesto a jurar que era ella a quien vi anoche en el jardín y a quien he visto hace un rato en el corredor del primer piso.

Tío Philip se levantó de la mecedora para ir a apoyarse en la barandilla del porche y tirar el habano que estaba fumando. Vi cómo este describía un arco luminoso en el aire. A continuación salió para aplastarlo con la suela de uno de sus zapatos. Cuando me miró, desde fuera, me di cuenta de que tenía los ojos brillantes.

–Es peligroso dejarlo encendido, con este calor podría provocar un fuego en la plantación. No lo hagas nunca –dijo.

–Tío Philip…, ¿quién es la mujer que he visto? ¿Te has vuelto a casar?

Para contestarme, esperó a estar de nuevo en el porche.

–No, Johnny, no he vuelto a casarme…, la mujer que has visto dos veces es tu tía Marge.

Esta vez fui yo quien se levantó.

–¡Acabas de decir que murió! –grité, incrédulo.

–Sí, murió, pero vive. Lamento contártelo de una manera tan apresurada, pero, dadas las circunstancias, no veo otro modo de hacerlo. Marge falleció y ahora está viva.

Yo tenía la boca seca y me pareció que la pared del porche empezaba a girar en torno mío, por lo que tuve que buscar apoyo en la barandilla. Nada de aquello tenía sentido. Por un momento pensé que tío Philip me estaba gastando una broma macabra, pero me di cuenta de que no podía bromear con algo así.

–Si hubieras vivido en Haití, lo comprenderías. ¿Has oído hablar alguna vez del vudú? ¿Sabes qué significan las palabras *houngan* y zombi?

A duras penas logré asentir con la cabeza.

–Los *houngan*, sacerdotes del rito vudú, son nativos de este país. No me preguntes cómo lo he conseguido..., no creo conveniente explicártelo..., pero soy el *houngan* más reconocido de la isla y tengo el poder de reanimar a los muertos. Los cuerpos que vuelven a la vida son llamados zombis. Viven en estado diferente al nuestro, son incapaces de pronunciar ni una palabra, y deben permanecer ocultos al sol porque este los devolvería a su estado de cadáveres. Por eso tu tía Marge pasa el día encerrada en su habitación... Sí, es ella a quien viste en el jardín..., le devolví la vida en una ceremonia vudú y desde entonces sigue viviendo en la casa y únicamente sale de ella por las noches, acompañada por mí –y añadió con voz ronca–: Sigue estando viva, si a eso se le puede llamar vida.

Conforme le oía hablar, mi sensación de irrealidad no solo no disminuía, sino que iba en aumento. Era evidente que no era a mí a quien mi tío había dirigido sus últimas palabras: parecía estar hablando al cielo y las estrellas, que titilaban indiferentes. Un escalofrío recorrió mi cuerpo cuando pensé que había estado viviendo en una casa habitada por una muerta, y que iba a tener que seguir en ella. Sin embargo, la incredulidad se fue abriendo paso en mi mente.

–No puede ser –dije–. No puedo admitir que una persona muerta siga estando viva.

–Lo verás con tus propios ojos... Si quieres esperar aquí, dentro de poco saldrá a pasear conmigo. Te advierto que sería inútil que trataras de darte a conocer y hablarle; si lo hicieras, te miraría, pero no respondería a nada de lo que le dijeras. Nunca verías una mirada como esa... Solo voy a pedirte dos cosas: cuando hables con Alfred y con Chantal, procura no tocar el tema de su madre, porque tienen la sensibilidad a flor de piel y les hace sufrir. Ya han llorado bastante y hacen lo posible por vivir como antes... –titubeó–, antes de que muriera. En cuanto a lo otro, estoy seguro de que tu profesor, Benjamin Perkins, sabe lo que sucede en esta casa...; en este lugar todo se sabe antes o después..., pero te prohíbo que comentes con él lo de tu tía.

–¿Cómo puede estar viva tía Marge? Los vivos necesitamos alimentarnos... –objeté.

–Y lo hace, Johnny, y lo hace... Marge se alimenta de sangre; es la única cosa que ingiere. Si un día no pudiera disponer de sangre, moriría de nuevo, y esa vez irremediablemente.

Volví a experimentar una náusea al recordar el recipiente lleno de sangre que había visto en el frigorífico. Mi tío debió de darse cuenta del rechazo que me había provocado su revelación, porque dijo:

–Considera que, a pesar de todo, Marge camina y está aquí –suspiró–. Estará aquí hasta que yo muera..., así son las cosas..., el zombi estará vivo en tanto exista quien lo ha hecho vivir, siempre que un contratiempo no acabe de nuevo con su vida... Ahora voy a dejarte. Reflexiona sobre lo que te he dicho. Asúmelo, ya que es la única forma de que puedas seguir viviendo con nosotros.

Tras esbozar una sonrisa que más bien se asemejaba a un rictus, tío Philip entró en la casa y me quedé solo en el porche, intentando asimilar lo que me había dicho. Me di cuenta de que estaba sudando, pero no se trataba de un sudor natural, fruto del implacable calor, sino de un sudor nervioso. Como si quisiera reforzar las palabras de mi tío, el sonido de unos tam-tam volvió a quebrar el silencio de la noche. Miré instintivamente la quietud del campo de cañas, morbosamente atraído por esa llamada, sobre todo después de lo que había oído decir a mi tío. No sabía qué hacer: me asustaba tanto como me atraía buscar el origen de aquel sonido, y me repugnaba la idea de entrar en la casa y subir a encerrarme en el dormitorio, pero todavía me asustaba y repugnaba más la posibilidad de ver a tía Marge muerta –si admitía lo que había dicho mi tío– saliendo por la puerta.

Bajé los peldaños para salir del porche y me situé cerca de ellos, entre la casa y el campo, atento a aquella puerta tras la cual se dibujaba la oscuridad y que en cualquier momento podría abrirse para dar paso a mis tíos. Mi tía Marge..., ¿cómo podía pensar en esos términos de un cadáver que camina? ¿Se puede llamar tío a alguien que está muerto? Entretanto, el sonido de los tam-tam había crecido en intensidad y lo percibía como si fueran truenos de una tormenta que se cerniera amenazadora sobre la plantación. Indeciso, miré alternativamente hacia la puerta de la casa y hacia el campo de cañas, erguidas como espectros en la noche. ¿Cómo sería el rostro de tía Marge..., de la mujer que en vida había sido tía Marge? ¿Cuál su mirada? ¿Qué vería realmente al posarla sobre las personas y las cosas? ¿Qué habría visto en el periodo que permaneció muerta? ¿A qué secretos debía de haber tenido acceso?

La angustia que oprimía mi pecho debió de bajarme a los pies, pues estos echaron a andar por sí solos hacia el campo, como en una huida acelerada. En cuanto penetré en él y dejé atrás las primeras hileras de cañas, fue como entrar en otro mundo. Me había internado en un universo vegetal sobre el cual la luna desparramaba una luminosidad fantasmagórica. Las cañas eran de tal tamaño que me impedían divisar a mi alrededor nada que no fueran otras hileras de cañas, al modo de un confuso laberinto, y la percusión de los tam-tam parecía taladrar mi cerebro. Percibí también un canto monódico de exasperante monotonía, y seguí avanzando en su busca.

Después de un rato de caminar rodeado de cañas, el campo se hizo menos espeso y comencé a vislumbrar algunos claros. El cántico y los tam-tam se hacían oír cada vez más cerca de donde me hallaba. Me detuve al oír una fuerte agitación entre las cañas que indicaba la presencia de alguien más por aquel lugar, y no fue necesario que aguzara el oído para oírlas crujir con claridad. Dado que no había ningún sitio donde pudiera ocultarme, opté por quedarme inmóvil y no tardé en ver surgir entre ellas a dos hombres de color, altos y corpulentos, que caminaban con tanta torpeza como los que había visto la noche anterior. Esa rigidez, esa forma de caminar, resultaba de lo más inquietante. Pero lo peor de todo eran sus ojos: tenían una mirada muerta. Eso me hizo recordar algo que tío Philip había dicho al hablar de tía Marge: «Nunca verías una mirada como esa». Como quiera que fuese, no podía ser más terrible que la de aquellos dos hombres.

Ambos se detuvieron al descubrir mi presencia, pero no tardaron en volver a andar. No sin horror, advertí que se estaban desviando del camino para dirigirse hacia mí. Uno de ellos abría y cerraba continuamente la boca, cual pez fuera del agua, y el otro extendió los brazos al frente, como si se hubiera fijado el propósito de atraparme. Ni siquiera parpadeaban.

No esperé a que se aproximaran más y eché a correr todo lo deprisa que pude, sin preocuparme de si mi precipitada huida me hacía romper alguna caña, pero no retrocedí de regreso al caserón, sino que seguí adelante, hacia el lugar de donde parecían provenir el cántico y los tam-tam. Ignoro cuánto tiempo estuve abriéndome paso a la fuerza entre la tupida maraña de cañas plateadas por la luna, hasta que los sonidos alcanzaron una estridencia casi insoportable, y poco después llegué ante un claro de mayores dimensiones donde un grupo de hombres y mujeres ejecutaban, junto a una hoguera, una especie de danza ritual. Aunque predominaban los nativos, había también algunos blancos entre ellos, y todos llevaban el torso desnudo. Solo reconocí a uno de los reunidos: era Alain. Por supuesto, me guardé de no traspasar el límite de la hilera de cañas que me separaba del grupo y, tratando de permanecer oculto, me agaché para observar la escena sin ser visto.

Uno de los hombres de color, alto, flaco y cubierto con una túnica blanca, esgrimía un sable y cortaba violentamente el aire con él como si estuviera trazando figuras imaginarias, mientras hombres y mujeres se entregaban a la frenética danza al ritmo marcado por los tam-tam. Algunos entonaban a la vez el canto que tanto me había atraído, y otros, más próximos al lugar donde me hallaba oculto, agitaban unos estandartes de colores. Alain seguía con atención los movimientos del grupo y a veces intervenía profiriendo unos gritos más fuertes que los del resto.

La escena prosiguió durante un rato. El frenesí de la danza, el sonido de la percusión, los movimientos del sable y los estandartes, y el hipnótico canto parecían haberse introducido en mí, haciendo vibrar todo mi cuerpo como si hubiera sido poseído por algo ancestral, de naturaleza incomprensible. Yo podía oler el sudor transmitido por el aire. De repente, todo calló y creí que la ceremonia había concluido, dejando como residuo la agitada respiración de quienes habían participado en ella, mas no sucedió así. El hombre del sable se sirvió de él para trazar dos círculos concéntricos en el suelo, uno de los cuales –el más pequeño– fue ocupado por varias jóvenes, entre ellas dos blancas, y el otro empezó a ser visitado uno a uno por los demás participantes, Alain incluido. No se limitaron a ir pisando por turnos el círculo que rodeaba al formado por el grupo de jóvenes, sino que al mismo tiempo murmuraban unas palabras ininteligibles que parecían formar parte de una invocación, pues lo hacían con extrema gravedad y manteniendo los ojos cerrados, con aire de fervor.

A medida que iban cumpliendo con esa parte del ritual se postergaban, y al alzarse reanudaban la tarea de cantar o tocar el tam-tam. Pero ahora el sonido no era el mismo de antes, sino más monótono y atronador. Cuando todos los participantes ya habían paseado por el interior del círculo mayor, entre cuatro de ellos cogieron a una de las jóvenes y la lanzaron varias veces al aire. Los otros alzaban las manos, a excepción del hombre del sable, quien lo hacía mover rítmicamente por encima de la cabeza de la muchacha cada vez que esta se acercaba a tierra. Temí que la ceremonia iba a concluir con el sacrificio de la joven y noté en los oídos los latidos de mi corazón y los gritos de mi mente pidiéndome que interviniera para impedirlo, pero, por suerte, los hombres que la habían lanzado al aire volvieron a dejarla de pie y ella se unió al frenesí de la danza.

Me hallaba tan absorto con aquel espectáculo que no me di cuenta de que habían irrumpido en el claro cuatro hombres parecidos a los que antes había encontrado en mi camino a través del campo de cañas de azúcar. Estaban de pie y miraban sin parpadear al grupo de oficiantes. Eran los únicos que no se movían. Los tam-tam dejaron de sonar, cesó el cántico, y el individuo del sable, seguido por Alain, se aproximó a ellos y tocó con el arma sus cabezas una por una murmurando algo que no llegué a oír.

Alain mantenía cerrados los ojos y musitaba unas palabras de acompañamiento. Los cuatro hombres permanecían impertérritos.

No quise ver más, en parte porque temía ser descubierto si me quedaba allí y no sabía cómo reaccionarían si tal cosa sucedía, y también porque todo aquello me estaba produciendo un profundo malestar. Antes de darme la vuelta con el propósito de regresar al caserón, arrojé una última mirada al claro. Ninguno de los que participaban en la ceremonia daba muestras de agotamiento y ni siquiera de cansancio; los torsos desnudos de los hombres brillaban a la lumbre de la fogata, y las mujeres se agitaban como posesas.

Yo estaba seguro de que no tendría dificultad alguna para orientarme en el camino de vuelta, pero sucedió lo contrario. Aturdido por el cántico y por las obsesivas percusiones, e impresionado a mi pesar por la escena de la que había sido testigo, no supe si seguía la dirección debida para llegar a la casa, porque todo cuanto me rodeaba era idéntico, sin apenas variaciones; a unas hileras de cañas les sucedían otras iguales, como en una cadena de malignas fotocopias, y tuve que admitir en mi interior que me había perdido. El calor y la opresiva apretura de las hileras de cañas me producían angustia y casi no podía respirar.

Tuve que detenerme para recobrar el aliento. Mi cuerpo estaba cubierto de sudor, igual que los de los participantes en la ceremonia. A mi alrededor, el paisaje no experimentaba ninguna variación, y el sonido de los tam-tam seguía machacando mis oídos como si aún estuviera delante del claro. ¿Qué debía hacer para superar mi desconcierto y conseguir encontrar el camino? No tuve ocasión para responderme a mí mismo, pues noté una presencia a mi espalda y, al volverme a mirar, una mano se cernió sobre mi brazo derecho, agarrándolo con fuerza. Era uno de los hombres de rígido caminar a los que había visto poco antes. Su compañero surgió detrás de él. La presión de su mano era cada vez mayor, y su mirada muerta provocaba un terror paralizante. El hombre seguía abriendo y cerrando la boca, de la que surgía un hedor repugnante, y empecé a sentir un intenso dolor.

Supongo que fue eso lo que me hizo reaccionar. Tiré enérgicamente de mi brazo y conseguí desasirme. El otro se estaba acercando a nosotros, y abría y cerraba la boca sin pausa, igual que el que me había apresado. Mi reacción había sido tan violenta que lo vi tambalearse. Pero en cuanto quedé libre de la presión de su mano no perdí el tiempo en averiguar qué sucedía. Eché a correr, ciego de pánico, chocando contra las cañas que se interponían en mi camino y, me temo, rompiendo algunas. Y seguí corriendo sin preocuparme de la dirección que seguía y sin comprobar si los dos hombres venían detrás de mí, pensando solo en huir como fuera de allí. Fui a salir al caserón por la parte trasera del edificio, donde me detuve jadeante. No había luz alguna detrás de las ventanas y balcones; todo parecía quieto, dormido, y visto a la luz de la luna aún resultaba más siniestro. Dentro de la casa, me dije, estaría tía Marge. Ese pensamiento me turbó.

Di la vuelta al edificio sin dejar de mirar ni un solo momento las ventanas de la planta baja, para ver si se encendía alguna luz detrás de ellas, cosa que no sucedió, y subí por los peldaños de madera que llevaban al porche. Ante mi frustración, encontré cerrada la puerta. Probablemente se había encargado de ello tío Philip al subir de su paseo nocturno con su esposa, sin preocuparse de averiguar si yo estaba dentro o no. Eso me hizo volver a pensar por unos instantes en la mujer muerta que habitaba en aquella casa, y tuve un escalofrío. ¿Tendría que llamarla tía Marge? Sin embargo, volví a concentrarme en intentar resolver la situación. Lo que más deseaba en aquel momento era poder encerrarme en mi habitación y confiar en que el sueño se encargara de aliviar el horror de cuanto había visto y oído a lo largo de esa noche tan larga e inquietante. Fue inútil que empujara una y otra vez la puerta, pues no cedió a mis tentativas.

Aunque me sentía preocupado ante la posibilidad de no poder entrar en la casa, procuré no dejarme llevar por el nerviosismo y retrocedí hasta volver a situarme de frente a la fachada del edificio, cuya quietud y silencio hacían pensar en un mausoleo. ¿No albergaba a una mujer muerta? «Si al menos –me dije– hubiera una ventana o un balcón abiertos, haría lo posible por hacerme oír y pedir que bajaran a abrir», pero todos estaban cerrados y detrás de ellos no se advertía nada más que negrura. ¿Cómo podían soportar tan sofocante calor manteniendo todo cerrado? Entonces me di cuenta de que el cántico y los tam-tam habían cesado. Un pesado silencio envolvía también el campo de cañas. Me volví a mirarlo. Su quietud tenía algo de anómalo, casi de sobrenatural, que incitaba a mantenerse alejado de él. Decidí probar suerte con las ventanas de la planta baja, confiando en que podría entrar por una de ellas desplazando el cristal de un lado a otro a través de los carriles, pero todas estaban herméticamente cerradas.

No me acordaba de si había dejado abierto el balcón de mi dormitorio. Si lo estaba, trataría de escalar la parte trasera del edificio para entrar por allí. Di otra vez la vuelta alrededor de la casa sin dejar de mirar con malestar la inmovilidad de las hileras de cañas.

La luz de la luna se reflejaba en el cristal del balcón cerrado, y aunque lo hubiera encontrado abierto me habría resultado muy difícil, por no decir imposible, subir por allí, porque apenas ofrecía asideros de un piso a otro. Solo tenía dos opciones: romper el cristal de una ventana de la planta baja o pasar la noche en el jardín; la primera me obsequiaría con una reprimenda de tío Philip, y la segunda me haría sentir indefenso, expuesto a cualquier agresión. ¿No había comentado mi tío que Haití era un lugar peligroso por las noches?

Cuando volví a situarme ante la fachada de la casa ya había tomado una decisión. Busqué una piedra de buen tamaño para romper con ella el cristal de la ventana más próxima a la puerta. El ruido del vidrio al romperse fue tan estridente como los que provoqué sucesivamente hasta conseguir hacer un hueco que me permitiera entrar a través de él. Al saltar por la ventana tuve cuidado de no herirme con alguna punta de los restos del vidrio, y mis zapatos hicieron crujir los fragmentos caídos en el suelo.

Con tal estrépito esperaba ver encenderse alguna luz dentro de casa; sin embargo, todo permaneció a oscuras y en silencio. Daba la impresión de que nadie se había enterado. Por si acaso, presté atención, inmóvil en medio del vestíbulo, vigilando las sombras. Por un momento me pareció oír unos pasos suaves, deslizantes, como unos susurros de la madera, característicos de quien camina con los pies descalzos, pero no percibí ningún movimiento en la oscuridad.

Antes de subir a mi habitación fui a la cocina. El calor, la angustia y las emociones experimentadas esa noche me habían dejado la boca seca y sentía la imperiosa necesidad de beber un poco de agua. No quise dar la luz para evitar llamar la atención, y me encaminé hacia el fregadero tanteando la pared. A pesar de que el agua del grifo estaba demasiado caliente, bebí dos vasos, y en lugar de marcharme abrí el frigorífico con la intención de ver de nuevo el recipiente de cristal lleno de sangre. Desde que había entrado por primera vez en la cocina no podía apartar de mi mente el recuerdo de ese líquido espeso y de color rojo oscuro que, al decir de tío Philip, servía de alimento a mi tía.

La luz blanquecina del interior del frigorífico me mostró que el recipiente seguía allí, pero su contenido había descendido más de un palmo desde que lo viera por la mañana. El líquido que faltaba debía de ser lo que tía Marge había bebido esa noche. Reprimiendo una náusea, me disponía ya a cerrar el frigorífico cuando me sobresaltó un ruido proveniente de la puerta de la cocina. Al volverme, vi una mujer alta vestida con un salto de cama blanco, de pie en el umbral, profiriendo una especie de gemidos ahogados.

No podía ser nadie más que tía Marge.

La mujer avanzó hacia mí. Seguía emitiendo unos gemidos y mantenía los brazos extendidos hacia delante, como si pretendiera agredirme. Me aparté asustado. Sin embargo, comprobé que se dirigía hacia el frigorífico. Gracias a aquella luz pude divisar su rostro cuando estaba a unos pasos de él. Solo la había visto en fotografías, pero sus facciones no dejaban lugar a dudas. Ignorando mi presencia, agitó las manos con torpes movimientos en busca del recipiente de cristal.

–No deberías estar aquí, John; se supone que tendrías que estar acostado –oí la voz de tío Philip.

Yo estaba tan pendiente de la mujer que no reparé en que mi tío acababa de entrar. Echó a correr hacia tía Marge, pero no llegó a tiempo de impedir que cogiera el recipiente, que resbaló entre sus manos y fue a caer al suelo. El cristal saltó hecho pedazos y observé, fascinado, cómo el líquido se iba expandiendo por las baldosas hasta llegar a mis pies, formando unos dibujos abstractos, el mapa ensangrentado de un país imaginario de extraña geografía.

–¡Ya ves lo que has conseguido! –gritó mi tío, enfurecido–. ¡Márchate ahora mismo!

–Lo siento…, no pretendía… –balbucí.

–¡Sube a tu dormitorio!

Tía Marge se había quedado paralizada, con los ojos fijos en el charco de sangre, y su mirada vacía me recordó a la de los hombres que había visto en el campo de azúcar. ¿Sería posible que también ellos fueran muertos vueltos a la vida? Creí enloquecer cuando vi que mi tía se dejaba caer de rodillas para hundir sus manos en el charco de sangre y llevárselas a la boca, abierta con avidez.

–¡Lárgate de aquí! –volvió a ordenar tío Philip.

No tuvo que repetirlo. Con la imagen del rostro y las manos de tía Marge manchadas de sangre grabadas como a fuego en mi retina, salí de allí, mudo de asco y con la sensación de estar a punto de desvanecerme. Creía que ya había tenido bastante para una sola noche, pero en cuanto llegué a los pies de la escalera vi aparecer a Alfred. Lo reconocí a pesar de la oscuridad, pero yo estaba tan fuera de mí que me asusté.

–Has visto a mi madre –dijo.

De momento no supe qué responder porque ignoraba si se trataba de una pregunta o de una respuesta, y me quedé mirándolo en silencio.

–Sé que papá ha hablado contigo, aunque puede que se haya precipitado al hacerlo esta noche –prosiguió acercándose un poco más–. Te voy a dar un consejo: olvida lo que has visto, y sobre todo no se te ocurra comentarlo con nadie, ni siquiera con ese borrachín a quien vas a tener como profesor desde mañana.

–Según tío Philip, ese hombre…, Ben Perkins, ha superado su problema con la bebida.

Fue lo único que acerté a decir, tras esforzarme por recordar el nombre del profesor y molesto por el tono con que Alfred me había hablado.

–John..., eres mi primo, y mi padre te ha abierto sin condiciones la puerta de nuestra casa, pero si quieres vivir aquí tendrás que olvidar que has visto a mamá. Es algo que no te compete.

Después de decir eso, se alejó en dirección a la cocina. Sus palabras fueron el peor broche posible para la jornada. Un sentimiento de angustia y soledad se instaló entre mi pecho y mi garganta, y mientras subía por la escalera me consideré aún más desdichado que en los últimos días vividos en Plymouth, cuando me despedí de mis amigos y de todo cuanto me resultaba familiar y querido. No habían transcurrido ni cuarenta y ocho horas desde mi llegada a Haití y tenía la impresión de que se trataba de meses. En torno mío no veía más que hostilidad y, sin poder evitarlo, rompí en un silencioso llanto al entrar en mi dormitorio, donde ni siquiera me consoló la compañía de los libros queridos cuya lectura me había hecho tan feliz en el pasado.

Me tumbé vestido en la cama sin molestarme en dar la luz. En aquellos momentos tenía miedo de mis parientes, de la casa y sus alrededores, y de las personas a las que había visto practicar vudú. ¿No habría alguna salida para mí?, me pregunté. ¿No habría una posibilidad de llevar otra forma de vida fuera de ese ambiente cerrado, agobiante y sepulcral donde hasta el aire era irrespirable? Mi prima Chantal era la única de la familia a quien no había visto desde la cena, y traté de consolarme pensando que ella podía ser diferente aunque compartiera el secreto de la casa.

Me quedé dormido pensando en todo eso y desperté al rato, empapado en sudor, con la sensación de que me faltaba aire. Hacía tanto calor que me levanté para desnudarme y abrir el balcón. No tenía el propósito de hacerlo, pero miré el campo de cañas. Delante de la primera hilera había un hombre de color, alto, flaco, erguido frente a la casa. La distancia que nos separaba no me impidió advertir el blanco de sus ojos, que ponía una nota inquietante en la noche. Estaba mirando a mi balcón. No puedo decir si me veía o no, aunque yo sí lo veía a él, y eso fue suficiente: su rigidez y la blancura de sus ojos me hicieron buscar refugio de nuevo en la cama.

Todavía no había amanecido cuando el frenazo brusco de un vehículo me arrancó de mi ligero sueño. De momento, en estado de duermevela, atribuí el sonido del frenazo a una pesadilla y cambié de postura, tendiéndome de costado, para seguir durmiendo. Sin embargo, pronto pude comprobar que el ruido había sido real porque percibí unas voces. Alguien estaba hablando a gritos fuera de la casa, y eso trajo a mi mente algo que había leído en una obra de Oscar Wilde: «Aquellos que no tienen nada que decir hablan a gritos». Pensé que debía de tratarse de algo vinculado con el trabajo en la plantación y no le concedí importancia, pero cuando siguieron sonando las voces y la de mi tío se sumó a ellas, me levanté.

Salí al balcón porque de otra manera no podía enterarme de quiénes eran los que estaban hablando abajo. Había un todoterreno parado delante del edificio, y cuatro individuos, parecidos a los que habían ordenado detener el Cadillac por la carretera cuando Alain me había traído a la casa, hablaban a gritos con tío Philip. Cuatro Tontons Macoute. Me llamó la atención que, a pesar de que aún había en el cielo residuos de la noche, los cuatro ocultaban sus ojos con grandes gafas de sol, como si estas formaran parte inseparable de su uniforme. Procurando no dejarme ver demasiado, presté oídos a lo que decían, y conseguí entenderlo gracias a que todos hablaban con un tono de voz muy alto.

–¿Es necesario que sea precisamente ahora? –estaba preguntando mi tío.

–El presidente ha ordenado que vaya a verlo cuanto antes –repuso uno de los Tontons Macoute.

–Anticípenme al menos de qué se trata, para ver si es tan urgente. Si voy a la ciudad, dejaré desatendido el trabajo de la mañana –protestó tío Philip.

–Señor Walcott, ¿no quiere entenderlo? Es una orden presidencial –dijo otro de los recién llegados–. No admite demora. Para el presidente no hay horarios.

Vi cómo tío Philip inclinaba la cabeza para mirar el suelo con una actitud extrañamente sumisa en él.

–Espero que me concederán unos minutos para subir a vestirme; no voy a presentarme en pijama y bata ante el presidente.

–Cinco minutos mejor que seis –repuso con voz cortante el último que había hablado.

Tío Philip se dio la vuelta hacia el porche y los cuatro Tontons Macoute se quedaron esperando. Uno subió al todoterreno para encender un habano y sentarse al volante, y los demás permanecieron inmóviles, mirando la casa. Para evitar que pudieran sorprenderme curioseando, me eché hacia atrás y solo volví a asomarme cuando oí que el vehículo se ponía en marcha. Mi tío iba sentado en la parte trasera, en medio de dos Tontons Macoute, vestido con un traje blanco y cubierto con un sombrero del mismo color. Seguí con la mirada el vehículo hasta que lo vi desaparecer a lo lejos, y a continuación entré en el dormitorio preguntándome qué pretenderían aquellos hombres a esa hora del día...; aquellos hombres... o el presidente, pues había oído con total claridad que era este quien requería su presencia. Tío Philip había hablado con prevención de los Tontons Macoute delante de mí, y era evidente que no había subido a gusto al todoterreno.

Cada hora que pasaba en Haití me obsequiaba con una nueva incógnita, y estoy seguro de que si mi situación hubiera sido distinta, las habría recibido con curiosidad. Pero no era el caso, y cada una de ellas hacía que me sintiera más solo y abandonado, habitante de un mundo incomprensible, hostil, en el que podían acontecer los sucesos más extraños. Mi tío había dicho que Ben Perkins vendría a la casa aquel mismo día para empezar a impartirme clases, y la irrupción de ese hombre en mi existencia abría otra incógnita para mí, por si no fuera ya suficiente con las otras. Con la mala suerte que estaba teniendo últimamente en la vida, lo cual me hacía sentir un exiliado de la felicidad, lo más probable es que fuera tan seco e intratable como todas las personas que había conocido en ese país. Estaba tan convencido de que iba a ser así, que estuve tentado de escribir una carta al notario Tennyson rogándole que preparara los papeles necesarios para gestionar mi rápido regreso a Plymouth. Lo pensé tanto que llegué a coger mi estilográfica y una hoja de una libreta, y a encabezar la misiva: «Estimado señor Tennyson...».

No escribí más. Rompí el papel en pedazos diminutos y, al cerciorarme de que no había una papelera en la habitación, salí a arrojarlos al inodoro para evitar que, si los dejaba encima de la mesa, alguien sintiera la curiosidad de leer lo que había escrito: podría deducir mis intenciones a partir de esas tres palabras y no quería que mi tío sospechara que yo tenía deseos de irme de allí. Aproveché que estaba en el cuarto de baño para escrutar mi rostro en el espejo de mano, y lo que vi no me gustó: tenía los párpados hinchados por la falta de sueño, y mis ojos presentaban una mirada entre vidriosa y asustada. Era la mirada de alguien que ha visto demasiado, de alguien que ha sido testigo de unos hechos que escapan a su entendimiento.

Afectado por lo que mi rostro permitía entrever, volví a dejar el espejo en el lavabo, como si quemara. No tenía ganas de desayunar, pero comprendí que debía echar algo caliente al estómago y, aunque todavía era demasiado temprano, decidí bajar al comedor. En la casa había dos lugares –la cocina y el dormitorio de tía Marge– que me había propuesto eludir como fuera; y bajé deprisa, sin detenerme a mirar el corredor izquierdo del primer piso, y fui a sentarme en una silla del vestíbulo, esperando a que pasara Monique para pedirle el desayuno. El cristal de la ventana seguía estando roto. Pero no iba a ser yo quien lo advirtiera. Hasta entonces no me había dado cuenta de que en un rincón había un teléfono negro de pared. Nunca había oído sonar el timbre de llamada, y la curiosidad me incitó a levantarme para descolgarlo. El auricular estaba pegajoso y no había línea. En aquella casa no había nada que funcionara con normalidad.

Mientras estaba allí, vi salir del comedor a Alfred, y a la anciana Monique detrás de él. Mi primo tenía una expresión de preocupación y apenas me saludó al pasar junto a mí, de camino hacia la escalera. Debía de estar al tanto de que su padre había sido llamado por el presidente y no ocultaba su nerviosismo.

–Si desea desayunar, puede hacerlo..., el café y la leche aún están calientes –me dijo Monique.

Yo esperaba encontrar a Chantal en el comedor y desayunar con ella para estudiar su conducta, pero no había nadie. Así pues, tuve que hacerlo solo y luego subí al dormitorio para esperar que llegara alguien, ya fuera tío Philip o bien Benjamin Perkins.

Mi tío fue el primero en llegar a la casa. Apareció en el mismo vehículo y en compañía de los mismos individuos que se lo habían llevado, y se dirigió rápidamente hacia el porche. Aguardé a que el todoterreno se marchara y salí al pasillo, interesado por saber qué le había dicho el presidente a mi tío. No creía que este fuera a explicármelo, pero estaba seguro de que se lo diría a sus hijos, o al menos a Alfred, y yo no estaba dispuesto a perder la ocasión de enterarme. Mi única duda radicaba en el lugar donde se iban a reunir para hablar, pero era cuestión mía averiguarlo.

Capítulo cuarto

Intento de resurrección

TRANSCURRIÓ un buen rato mientras buscaba a tío Philip por la casa hasta que al fin, atraído por su voz, lo encontré en una habitación del pasillo derecho del primer piso, al otro lado de donde se hallaba el dormitorio de tía Marge. Apliqué el oído a la puerta. Mi intuición no me había engañado al suponer que mi tío iría a hablar inmediatamente con Alfred y Chantal, pues percibí también las voces de estos. No debía de hacer mucho que habían empezado a conversar, ya que tío Philip todavía estaba explicando a sus hijos la causa de su visita al palacio presidencial de Duvalier.

–Es lo último que esperaba de él –decía–. Temía cualquier cosa de ese individuo, incluso la acusación de estar conspirando contra él, aunque no lo haga, pero no que fuera a hablarme de la muerte de su cuñado, y menos aún que me pidiera eso.

–¿Y qué piensas hacer? –oí que preguntaba mi primo.

–Con Duvalier sólo se puede obedecer. Si no lo hiciera, me pudriría en una de sus mazmorras... No, no tengo ninguna otra opción.

–¿Es verdad que practica el vudú en los sótanos de su palacio? –inquirió Chantal.

–Sí, él mismo lo ha reconocido, pero quiere que todo se desarrolle fuera de allí, de acuerdo con mis costumbres y procedimientos. Ha dicho que esta noche hará llevar el cadáver de su cuñado, Pierre, al lugar elegido, para que me haga cargo de la ceremonia.

–¿Y qué sucedería si fallara? –preguntó Chantal, temerosa.

–Papá nunca falla –replicó su hermano.

–Traerán el cuerpo al claro de la plantación. Asistirán el propio Duvalier y algunos de sus Tontons. Sin embargo, no vendrá su esposa; dice que sería demasiado tenso para ella... Os lo he contado porque era imprescindible que lo supierais, pero tú, Chantal, no estarás presente, quiero que permanezcas al margen, pues con Duvalier y los Tontons Macoute todo puede resultar excesivamente peligroso. Alfred, vendrás conmigo; necesitaré un ayudante.

A las últimas palabras de tío Philip siguió un largo silencio, que se rompió con el sonido en *do* de una tecla de piano.

–¡No toques el piano! –gritó mi tío–. ¡Chantal, te he pedido docenas de veces que no se te ocurra tocar ese piano!

–Perdona, papá..., lo he hecho sin darme cuenta.

–No, discúlpame tú, Chantal... Estoy muy nervioso, no debería descargar contigo, pero te lo pido por favor, no toques ese piano –tío Philip suspiró–. Creo que tendré que dedicar el resto del día a prepararme para la ceremonia de esta noche.

Me pareció percibir unos pasos detrás de mí y me volví a mirar, temeroso de encontrarme ante tía Marge, pero en el corredor no había nadie más que yo.

–¿Por qué no quiere Duvalier que se celebre en su palacio? –quiso saber Alfred–. Seguro que allí dispone de todo lo necesario.

–Probablemente para hacerlo lejos de su esposa. Al parecer, padece una grave enfermedad nerviosa y la muerte de su hermano la ha sumido en una honda depresión... Como hoy no podré atender el trabajo en la plantación, tendréis que encargaros vosotros de organizarlo...

–¿Y si se entera el primo John? –preguntó Chantal.

–No tiene por qué enterarse... Además, estará ocupado con las lecciones de ese tal Perkins...; llegará de un momento a otro..., incluso me extraña que todavía no haya venido.

–Si le pagaste por anticipado, puede que esté borracho por la ciudad –se burló Alfred.

–No, es verdad que dejó de beber –dijo mi tío.

–¿Cómo se te ha ocurrido contratar a alguien para que dé clases a John? ¿No habíamos acordado que le harías trabajar en la plantación? –preguntó Alfred.

–Tengo razones para preferir que de momento sea así... Hoy disponemos de suficiente mano de obra y es mejor esperar a que vuestro primo se vaya acostumbrando a esto...; todavía no sé qué pensar de él.

–No me agrada que vaya husmeando por ahí, habría sido preferible que lo perdiéramos de vista lo menos posible –insistió Alfred–. Desde que ha venido tengo la sensación de que esta casa ya no es nuestra casa..., nada es igual que antes.

–Dejad a John ahora –intervino mi prima–. Lo de esta noche es mucho más preocupante... John parece inofensivo. Sabe que mamá está como está, pero eso es todo.

–No debes preocuparte…, palabra del Barón Samedi –la tranquilizó tío Philip; y creí oír una risa nerviosa.

Aunque también habían estado hablando de mí, me inquietaba más lo que habían dicho sobre el presidente Duvalier. Si había comprendido bien, esa noche tío Philip se propondría volver a la vida al cuñado de aquel, tal como había hecho años atrás con su propia esposa, y estaba seguro de lograrlo, por más que a mí todo eso me pareciera una locura… ¿Qué clase de poderes tenía mi tío? ¿A qué extremos se podía llegar con la práctica del vudú?

Considerando que ya tenía suficiente con lo que acababa de oír, retrocedí hasta el rellano para evitar que mis familiares me descubrieran allí si se les ocurría salir de aquella estancia, y subí a mi habitación evitando, de nuevo, mirar el corredor donde estaba el dormitorio de tía Marge, si bien no pude dejar de hacerme algunas preguntas: ¿cuál sería el aspecto de mi tía durante el día?, ¿la mantendrían atada con el fin de impedir que saliera a la luz?, ¿sería la anciana Monique la responsable de su seguridad mientras tío Philip y mis primos estaban fuera? Volvió a acometerme la sensación de estar viviendo dentro de una pesadilla. En todas las casas hay una zona de luz que inspira tranquilidad y una zona de sombra que provoca inquietud, pero en aquella, donde ni siquiera funcionaba el teléfono, no había sino zonas de sombras.

Ben Perkins llegó una hora después. Como yo sabía que estaba a punto de hacerlo, decidí esperarle en mi habitación escuchando música, lo cual me parecía la mejor manera de aislarme –y hasta de sentirme protegido– en aquel monstruoso universo de muertos resucitados, capaz de hacer perder la razón a cualquiera, por templados que tuviera los nervios. Fue Monique quien subió a advertirme de su llegada. No sin desgana, desconecté la radio cuando estaba sonando la conmovedora *Rapsodia para alto,* de Brahms, y bajé con la anciana al vestíbulo, donde Perkins esperaba sentado.

Era un hombre de unos treinta y cinco años, vestido con un traje blanco de lino, semejante al de mi tío. En cuanto se levantó, pude advertir que era alto. Tenía los cabellos castaños, cubiertos asimismo con un sombrero blanco, y lucía una barba no demasiado poblada en la que se advertían algunas canas. Sus rasgos eran correctos, incluso armoniosos, pero destacaba la limpieza de su mirada, la cual denotaba que se trataba de un hombre honrado. Nada en su aspecto y en sus gestos reposados hacía pensar que hubiera tenido, o tuviese todavía, problemas con el alcohol. Me di cuenta de que él también me escrutaba de arriba abajo, y eso me pareció lógico teniendo en cuenta que en adelante deberíamos compartir muchas horas: si yo deseaba saber cómo era mi profesor, él tenía el mismo derecho a saber cómo era su alumno, aunque ni uno ni otro pudiéramos ir más allá de una primera impresión, que podía ser falsa.

Portaba una cartera de mano abultada por los lados que, supuse, debía de contener libros, y observé que el sudor había dejado huellas en su chaqueta por la parte de las axilas. Siguiendo sin duda las instrucciones de tío Philip, Monique nos llevó a una habitación situada al otro lado de la escalera, en el ángulo opuesto a donde estaba el comedor, cuya puerta impedían ver los barrotes de aquella, lo cual creaba cierta idea de encierro. Debían de haberla preparado para que hiciera las veces de cuarto de estudio, pero no se habían esforzado mucho: el único mobiliario era una vulgar mesa de madera y dos sillas. La persiana estaba subida, aunque la ventana permanecía cerrada, y el sol penetraba hasta en medio de la estancia. Millones de partículas de polvo se agitaban entre sus rayos como una lluvia seca. Tanto Ben Perkins como yo le echamos un vistazo desde el umbral.

–Huele a cerrado; haría falta algo más de ventilación –comentó Perkins arrugando la nariz, mientras se dirigía hacia la ventana con el propósito de abrirla.

–Me ocuparé de ventilarla esta noche, pero no abra ahora. El señor Walcott no lo permite durante el día..., deben tener cerrada también la puerta –dijo Monique.

El norteamericano se encogió de hombros y dejó la cartera y su sombrero encima de una de las sillas. Eso me permitió ver que también despuntaban algunas canas en sus cabellos.

–De acuerdo, Monique, puede marcharse –le pedí a la anciana.

–Bien, chico, sabemos quiénes somos, pero debemos presentarnos...; así lo exigen las convenciones –dijo mi maestro en cuanto nos quedamos solos–. Me llamo Perkins, Benjamin Perkins; soy de Baltimore, como Poe, y voy a encargarme de tus lecciones hasta que vayas a la escuela –al ver que yo no contestaba y seguía mirándole fijamente, continuó–: Tú eres John Walcott, británico, de Plymouth, tienes catorce años y acabas de llegar a Haití... Pero ¿por qué me miras tanto? –suspiró–. Entiendo..., te han debido de decir que soy un hombre problemático y que me llevo bien con la bebida... Quiero dejar algo claro desde el principio: es verdad que soy problemático, en eso no se equivocan, pero hace tiempo que mis relaciones con el alcohol no son lo que fueron.

Su voz era agradable, y su tono, abierto, conciliador, pero yo no podía evitar mirarlo con desconfianza, habida cuenta de mis experiencias en aquel país, en el que veía hostilidad por todas partes.

–He pensado que, tratándose de nuestro primer día de clase, sería mejor no entrar hoy a fondo en las lecciones, sino charlar para conocernos mejor... Dime, ¿qué te parece Haití?

No contesté inmediatamente. Me senté en la silla que estaba libre y lo miré a los ojos, intentando leer algo más en ellos. Había algo en su actitud que inspiraba confianza, pero me resistía a admitirlo.

–Es un lugar extraño, ¿no? –me animó a hablar.

–Un poco –repuse–. No acabo de entender bien nada de lo que sucede aquí.

Por un instante me pareció vislumbrar un destello de curiosidad en sus ojos.

–Pareces inquieto..., casi asustado... ¿No te apetece explicarme por qué? Tal vez podría ayudarte.

–No, no estoy inquieto –mentí.

–Como quieras –repuso, adoptando un tono de aparente indiferencia–. Antes de nada debes conocer un poco de la historia del país, es fundamental para que puedas hacerte una idea de dónde estás. Cualquier lugar marca a quienes lo habitan, y Haití, más que ningún otro... ¿Estás seguro de que no quieres contarme nada?

Moduló el tono de su voz para hacerlo todavía más cordial, pero ante mi negativa siguió hablando.

–¿Sabías que la isla fue llamada, a raíz de su descubrimiento, Hispaniola? En el siglo XVI, los españoles trajeron a los primeros esclavos negros, y con ellos llegó el vudú –me miró fijamente a los ojos, quizá para asegurarse del efecto que me producía esa palabra, y supongo que se dio cuenta de que me había estremecido al oírla–. En el siglo XVII, los franceses fueron haciéndose con el control de la isla, y su presencia llegó a ser dominante. A finales de ese mismo siglo hubo una revuelta de los negros, acaudillada por Toussaint-Louverture, y con ella lograron abolir la esclavitud y establecer una alianza con el gobierno francés, pero eso no acabó con los problemas. Los franceses apresaron a Toussaint-Louverture, que murió en 1803. Un año después, otro nativo, Dessalines, expulsó a los franceses y dio a la isla el nombre de Haití, proclamándose a sí mismo emperador. Desde entonces ha habido una sucesión de hechos sangrientos que provocarían horror si ya no fueran más que unas líneas en los libros de historia. Llega un momento en el que este tipo de sucesos se deshumanizan y se convierten solo en datos.

Ben Perkins hizo una pausa para sacar una pipa de su cartera y llenarla de tabaco. Mientras duró la operación permanecimos en silencio y no dejó de observarme. El aromático humo del tabaco de pipa impregnó el aire de la estancia.

–Es como una tragedia shakespeariana prolongada a través de los siglos, una tragedia sobre el poder y la ambición. Dessalines fue asesinado y el país se dividió en dos zonas: un reino a cuyo frente estuvo Henri Christophe, y una república gobernada por un tal Pétion. Tras un intento de reunificación, en 1844 el este de la isla se escindió, para convertirse en la República de Santo Domingo, mientras que el oeste siguió con el nombre de República de Haití... ¿Te aburro?

Respondí que no, moviendo la cabeza. Y no mentía: la lección de historia despertaba mi curiosidad.

–No obstante, voy a evitarte los nombres para no cansarte, y me limitaré a los sucesos. Al principio hubo unos tiempos difíciles para Haití...; de hecho, nunca ha dejado de haberlos. Fue escenario de sucesivas luchas de poder entre mulatos y negros, y siguió dependiendo económicamente de Francia. Hacia la mitad del siglo XIX hubo otra gran rebelión, la de los *piquets*..., campesinos negros del sur, que acabó con la autoproclamación de un negro como emperador..., ¡de nuevo...! Este reprimió sanguinariamente a los mulatos y reinó como un déspota. Fue destronado por un mulato, que restauró la república y gobernó hasta 1867. Los mulatos estuvieron en el poder durante más de cuarenta años, pero fue entonces cuando Estados Unidos hizo su aparición. Los norteamericanos, atraídos por esta isla, la ocuparon militarmente en 1915 y permanecieron en ella hasta 1934. Fue una época próspera, aunque llena de revueltas sociales, que culminaron con un golpe de Estado militar. Entre ellas debo recordar una que mis compatriotas reprimieron con gran violencia. Voy acabando: en 1949 hubo otro golpe de Estado militar y el poder quedó en manos del ejército hasta que François Duvalier, a quien muchos llaman Papa Doc, fue elegido presidente… Papa Doc –repitió.

Se había quedado pensativo y parecía que fumaba inconscientemente en su pipa.

–Con Duvalier ha llegado una época de represión total –prosiguió–. Es un sátrapa: gobierna a golpe de decreto, ha prohibido los partidos políticos, ha instaurado el estado de sitio cuando ha querido, y, para colmo, dispone de una terrible milicia paramilitar, los Tontons Macoute, que siembran el terror en el país. Sin ir más lejos, el año pasado sofocó un complot militar y acaba de nombrarse a sí mismo presidente vitalicio. De la población ni te hablo: vive sumida en la miseria.

–Pero usted habla muy mal de él. ¿Cómo se lo permiten si es un dictador? –pregunté, más interesado desde que le había oído pronunciar el nombre de Duvalier.

–Estuve en la cárcel…, ¿por qué crees que caí en la bebida? Algún día te contaré mi historia, si quieres. Si no estoy muerto, es porque soy ciudadano norteamericano y porque el embajador es amigo mío, y Duvalier tiene buen cuidado de no enemistarse con él… Pero la historia que te he contado está incompleta. No es verdad que se acabara con la esclavitud en Haití; se sigue practicando, aunque de otra forma..., los plantadores tienen zombis como esclavos, los utilizan para el trabajo en las plantaciones. Es la mano de obra más barata para ellos, si me permites la macabra ironía.

–¿Quiere decir que tío Philip...?

–Sobre todo tu tío.

–Entonces..., ¿es cierto que un muerto puede volver a vivir?

–Eso depende de a lo que consideres vida. Hay otra forma de convertir a una persona en zombi, pero es demasiado terrible para contártelo.

–Creo que debo saberlo si voy a vivir aquí.

Ben Perkins suspiró.

–Se lleva a cabo con una mezcla de sustancias que se llama polvo zombi –dijo–. Ese polvo da origen a un estado cataléptico..., a una apariencia de muerte. Aquellos a quienes se les administra por vía respiratoria permanecen enterrados unos días y, cuando al fin los exhuman, carecen de voluntad, son muertos vivos. Sus pulsaciones no pasan de dos por minuto...

–¿Y cómo pueden estar varios días enterrados sin morir?

–Al parecer, una persona que ha sido enterrada viva dispone de oxígeno durante más o menos una semana..., supongo que eso dependerá de cada individuo. Pero veo que lo que más te ha llamado la atención de todo lo que te he explicado es el tema de los zombis. Insisto, ¿no te gustaría contarme alguna cosa?

Aunque sus palabras y su expresión seguían inspirándome confianza, no me sentía capaz de romper el muro de incomunicación –invisible, pero bien presente– que me separaba de los demás, por lo que en lugar de responder me limité a desviar la mirada hacia el suelo.

–Te diré algo más sobre ellos. Un muerto resucitado, un zombi, no tiene por qué ser violento, aunque puede llegar a serlo; depende de cómo fuera su carácter en vida y de las circunstancias que puedan darse en su retorno. Por lo general, la única persona que puede controlarlos es la que los ha devuelto entre nosotros, quien suele ser un experto en vudú al que dan el nombre de Barón Samedi. Deben permanecer ocultos por el día, pues de lo contrario podrían morir..., definitivamente. Son otras criaturas de la noche, seres de un mundo de tinieblas. Por eso los utilizan para trabajar en las plantaciones después del atardecer.

–Me pregunto... –dije en un rasgo de audacia que me sorprendió a mí mismo–, me pregunto qué verían mientras permanecieron muertos. ¿Verían el cielo o el infierno?

La idea me fascinaba. Perkins sonrió y volvió a encender su pipa.

–Nunca lo sabrá nadie: no hablan. Los negros aseguran que no lo pueden hacer a causa de la fuerte impresión que les produce lo que ven después de muertos..., pero no son más que habladurías. Lo que sí es cierto es que los zombis existen y hay uno en esta misma casa –hizo una pausa y escrutó mi rostro para observar mi reacción–: la esposa de Philip Walcott.

–¿Lo sabía usted?

–Todo se sabe en Haití, es un lugar pequeño donde no se puede guardar ningún secreto, y menos de esa naturaleza... ¿Has tenido ocasión de ver a tu tía, y en ese caso no te ha extrañado su aspecto?

–Me han prohibido hablar de eso con usted –repuse, pensando también en los hombres a los que había visto por la noche en la plantación.

–No lo hagas, pues, si no quieres..., pero insisto en que no es un secreto para nadie. Te voy a contar algo que no tenía la intención de explicarte hoy. Llegué hace seis años. Yo era profesor de lengua y literatura inglesas y vine a ejercer mi profesión. Había algo más en mi interés por Haití. Aproveché que el círculo de familias unidas a Duvalier quería, por esnobismo y para darse aire de respetabilidad, que sus vástagos aprendieran perfectamente el idioma inglés, para trabajar como profesor en el colegio donde estudian y, de paso, poder atender otra de mis vocaciones. Soy escritor y desde niño me he sentido atraído por las leyendas y el ocultismo. Haití era el lugar perfecto para satisfacer mi curiosidad en lo referente al culto vudú y los zombis... Sin embargo, no contaba con que Duvalier y quienes lo rodean, incluidos los Tontons Macoute, me iban a inspirar tal repugnancia. Nunca he soportado a los dictadores, y Duvalier va más allá que casi todos ellos... ¿Viste la sábana colgada en el puerto? «Yo soy la bandera haitiana, una e indivisible» –recitó de memoria; de repente se había quedado más serio–. Esa es su bienvenida... Hablé..., hablé..., y caí en desgracia. No se atrevieron a matarme, pero desde entonces se las han ingeniado para hacerme la vida imposible. Su primera reacción fue apartarme de las aulas. He logrado sobrevivir gracias a algunos amigos nativos y al director del colegio, que de vez en cuando me ofrece dar algunas clases fuera de él, como ha sido tu caso.

–¿Y por qué no se ha marchado? Yo he estado a punto de hacerlo –dije impetuosamente.

–A pesar de todo, esta tierra posee un encanto que te atrapa. Una vez que prende en ti, resulta difícil desprenderse de él. Y todavía tengo mucho que aprender sobre todo cuanto rodea al vudú y los zombis... Está envuelto en un gran secretismo. Dime, ¿es verdad que querías marcharte?

Ya no podía retractarme de lo que había dicho.

–Fue un impulso en un mal momento. Como puede ver, recapacité y me he quedado.

–Comprendo –dijo mientras asentía con la cabeza.

Ignoro si la causa sería su rememoración de lo que había vivido en Haití, pero en aquellos momentos me pareció mayor de lo que había calculado al verlo. Su frente se había cubierto de arrugas. Continuó hablando durante un buen rato, dándome más información sobre el país y las costumbres de sus habitantes, e incluso me explicó que no existía una sola forma de vudú, sino varias, aunque compartieran algunas características.

–Si Philip Walcott se enterara de los temas que he tratado en esta primera clase, probablemente me impediría volver aquí –dijo, consultando su reloj de pulsera–. Antes de marcharme vamos a justificar esta lección… ¿Qué te gusta leer?

Respondí citándole a los escritores de quienes había algún libro en la casa; me gustaban también muchos otros, pero esos fueron los primeros nombres que se me ocurrieron.

–No está nada mal –contestó–. Mañana analizaremos algo de Poe para entrar a fondo en su sentido, en su mundo y en su poética… ¿Te parece que estudiemos «Berenice» y, si tenemos tiempo, el poema «Annabel Lee»? Supongo que los habrás leído hace poco y te acordarás de ellos o podrás releerlos.

–Tengo un libro de Poe en mi habitación, pero no recuerdo si «Annabel Lee» figura en él.

–Estupendo. Por si acaso, traeré mi ejemplar, puedo prestártelo para que trabajes con el poema. Los próximos días, después de Poe empezaremos a repasar a los clásicos: Milton, Shakespeare, Johnson, Chaucer… Y si tu tío te pregunta por nuestra primera lección, no le digas que te he explicado cosas sobre Haití. Puedes hablarle de Poe.

–No creo que me lo pregunte –repuse con tristeza.

–¿Por qué?

–Tiene otras preocupaciones; me temo que no le importo demasiado... Al fin y al cabo casi soy un extraño para él.

–No eres un extraño, eres un Walcott –dijo levantándose para ponerse el sombrero y recoger la cartera.

Mientras salíamos de la estancia para dirigirnos hacia la puerta de la casa, añadió:

–Se me ha ocurrido que quizá estaría bien que alguna de nuestras clases tuviera lugar en otra parte..., ya sea en la ciudad o bien recorriendo el país. Si vas a vivir en él, tienes que conocerlo; hay cosas que uno aprende mejor por sí mismo.

Desde el porche vi subir a Perkins a un viejo descapotable estadounidense cubierto de polvo, y ponerlo en marcha tras despedirse de mí con la mano. Enseguida, todo volvió a quedar en silencio. Su partida me entristeció, pues durante el tiempo que había estado con él había logrado animarme un poco, lo cual me habría parecido imposible si alguien me lo hubiera dicho antes.

Pasé solo el resto del día hasta el atardecer, ya que mis primos habían ido a trabajar en la plantación y tío Philip no dio señales de vida, seguramente ocupado con los preparativos de la conflictiva ceremonia que le esperaba por la noche. Si Duvalier era un hombre tan terrible como lo había descrito Ben, un fallo o un fracaso de mi tío a la hora de intentar devolver la vida al fallecido podría traer graves consecuencias para él o para la familia... «¡Qué locura! –pensé–, ¡estoy considerando seriamente la idea de que una persona haga que los muertos puedan volver a vivir!». Casi me avergonzó imaginar lo que dirían de mí el notario Tennyson y mis amigos de Plymouth si llegaran a enterarse de eso.

Ante mi sorpresa, esa noche tuve que cenar solo. Supuse que Alfred, a su regreso del campo, habría ido a reunirse con su padre para ayudarle, pero me extrañó que Chantal no apareciera en el comedor, dado que no tenía que asistir a la ceremonia de la resurrección, y lo atribuí a que debía de estar inquieta. No quise preguntarle a Monique por mi prima, pues sabía que me respondería con evasivas, como hacía habitualmente, y di buena cuenta de mi cena a solas y en silencio.

En cuanto terminé, subí a mi dormitorio, donde, sin dar la luz, me aposté a un lado del balcón con objeto de vigilar las entradas y salidas a la casa. Me había propuesto asistir de lejos a la ceremonia que iba a oficiar tío Philip: por nada habría querido perderme esa parte extraña, sobrenatural, del rito del vudú. Además sentía curiosidad por ver a aquel Duvalier de quien tanto había oído hablar.

No tuve que esperar mucho. El ruido que hizo la puerta del porche al ser abierta y cerrada y el sonido de unas pisadas en la madera me advirtieron de que alguien estaba saliendo de la casa, y enseguida vi aparecer a Alfred y a tío Philip. Vestían de otra manera y los reconocí por su forma de caminar. Mi tío llevaba puesta una túnica blanca que destacaba en la oscuridad, en la que figuraban unas inscripciones que a esa distancia no pude ver bien, y mi primo, cargado con una bolsa, se cubría con una túnica negra. Apenas se internaron entre las cañas de azúcar, salí de mi habitación. La casa estaba envuelta por la negrura, como todas las noches, pero no quise dar una luz para evitar que Chantal o Monique repararan en mí. Por eso tuve que bajar despacio, cuidando de no resbalar en algún peldaño y atento a los matices del silencio. ¿Se encargaría Chantal, en ausencia de tío Philip, de pasear con su madre esa noche? Era una pregunta destinada a no tener respuesta, pues aunque me intrigaba, prefería ser testigo de la ceremonia.

Conseguí salir sin sufrir ningún tropiezo y me adentré en el campo, donde seguí avanzando dejándome guiar por mi intuición y por el recuerdo, más o menos vago, del camino que había seguido la noche anterior. Las estrellas y la luna habían desaparecido detrás de unas grandes nubes oscuras y el aire olía más que nunca a humedad. Probablemente no tardaría en llover. La oscuridad daba al paisaje una apariencia fantasmal. Al abrirme paso entre la apretura de las cañas producía un ruido estruendoso, lo que me hizo temer que cualquiera pudiera oírlo a distancia. Por suerte, quedó ahogado por la percusión de los tam-tam que empezaron a sonar.

El sonido me ayudó a orientarme mejor y a partir de ese momento caminé con seguridad. Solo temía verme de repente ante alguno de los zombis que mi tío utilizaba como mano de obra en la plantación: su mirada muerta y los insensatos movimientos de su boca, semejantes a sonrisas abortadas, aún me producían escalofríos.

Lo primero que distinguí a lo lejos fue la fogata. Me serví de ella al modo de un faro para un navegante y avancé cautelosamente. Antes de llegar al claro, me detuve para buscar un lugar donde apostarme sin correr el riesgo de ser sorprendido espiando. Las continuas oscilaciones de la llama hacían que se abrieran brechas de una luz lívida en la oscuridad del campo de cañas, y aunque el cuadro que se desplegaba ante mis ojos era similar al de la noche anterior, había ciertas diferencias entre uno y otro.

Para empezar, la reunión estaba menos concurrida: había menos hombres y mujeres, y ninguno de ellos portaba un sable. En medio del claro había un féretro abierto encima de la tierra, pero desde donde me había apostado no alcancé a ver quién yacía dentro de él, aunque, a tenor de lo que sabía, debía de tratarse del cuñado de Duvalier. Y no me resultó difícil reconocerlo: se hallaba rodeado de media docena de individuos trajeados que ocultaban sus ojos con gafas oscuras. Los Tontons Macoute. El presidente Duvalier era un hombre alto, entrado en carnes y sudoroso. El traje blanco que vestía no hacía sino realzar su gordura y llamar la atención en la oscuridad. Se apartó de los Tontons que lo escoltaban y se acercó al féretro para mirar fijamente al muerto.

–Pierre, te has ido demasiado pronto –dijo en voz alta.

Esa debía de ser la indicación para el comienzo de la ceremonia, ya que mi primo abrió entonces la bolsa que había sacado de la casa y extrajo de ella varios objetos, entre los cuales vi una calavera humana; mientras, tío Philip le indicaba a Duvalier que se apartara del féretro. El presidente se retiró a un lado, junto a sus escoltas, y mi tío dio varias vueltas alrededor del ataúd, más rústico que los que se utilizaban habitualmente en Plymouth para las inhumaciones. Desde mi observatorio, el muerto no era más que un cuerpo sin facciones.

Entretanto, los tam-tam no habían dejado de sonar, con un ritmo cada vez más frenético. Tío Philip se hizo cargo del cráneo descarnado que le tendía Alfred, y con gestos ceremoniosos lo introdujo lentamente en el féretro. A una señal suya, cuatro hombres de color se aproximaron a él y comenzaron a recitar una suerte de versos que recibían invariablemente la respuesta de un gruñido por su parte. A continuación, él mismo se encargó de recitar otros en una lengua que me era desconocida.

Luego llegó lo peor. Dos de aquellos hombres decapitaron un pollo, que continuó aleteando con la cabeza cortada, y tío Philip, pronunciando otras frases ininteligibles, derramó sobre el muerto la sangre del animal. Al mirar a Duvalier y a los Tontons Macoute, vi que observaban el ritual con gran concentración. A eso siguieron nuevas vueltas de mi tío en torno al ataúd. Y cuando yo creía que la ceremonia ya había concluido, tío Philip cogió una madera alargada que le entregó Alfred y procedió a quemarla para después pasarla por encima del féretro y de su contenido. El olor a madera quemada se mezcló con el de la lluvia suspendida en el aire, y un breve resplandor en el cielo, cuyos efectos se hicieron notar en la tierra, advirtió de la inminencia de una tempestad. Yo estaba seguro de que aquella madera debía de haber sido impregnada con alguna sustancia, tal vez con lo que Ben Perkins había llamado polvo zombi, porque el humo desprendía un olor dulzón. Cuando poco después sonó el trueno, todos miraron hacia el cielo, a excepción de tío Philip. Los tam-tam enmudecieron.

Duvalier dio unos pasos hacia el ataúd, pero mi tío lo contuvo y se puso él mismo de rodillas ante la caja oblonga. Todos los presentes, y yo también, concentraron sus miradas allí. Aun a distancia, pude percatarme de que el sudor hacía brillar el rostro de mi tío y el de Duvalier.

Nada se movía dentro del féretro.

Después de otro relámpago acompañado por un sonoro trueno, tío Philip se incorporó y, tras recitar unas palabras, volvió a arrodillarse ante el ataúd. Mi primo tenía los ojos muy abiertos y me pareció ver que temblaba.

El muerto permanecía inmóvil.

Gritando algo, Duvalier se acercó a mi tío, quien introdujo las manos en el féretro.

Capítulo quinto

Preparativos para un ritual

TRANSCURRIÓ más de un cuarto de hora. Duvalier seguía gritando a tío Philip, quien cumplía el ritual de levantarse, pronunciar unas frases y arrodillarse, pero estaba claro que la ceremonia de resurrección había fracasado. No sé cuánto rato habría proseguido el intento de no haber sido por la lluvia, que empezó a caer de improviso en gotas tan gruesas como puños, las cuales no tardaron en apagar la fogata y empapar a todos los presentes. Sin embargo, nadie se movió. Dando unas palmadas, Duvalier ordenó colocar la tapa del féretro y se volvió amenazadoramente hacia mi tío, a quien habían rodeado los Tontons Macoute. Alfred observaba la escena sin osar intervenir, pero su cuerpo oscilaba de tal manera que me hizo temer fuera a desplomarse. Si el tono de voz de Duvalier hubiera sido normal, yo no habría podido oír lo que decía, pero, por fortuna para mí, habló a gritos.

–Solo voy a concederte otra oportunidad –le dijo a tío Philip–. Si fallas, dejarás de ostentar el nombre de Barón Samedi para ser solo una inscripción en una tumba..., y eso si no hago quemar tu cuerpo y arrojar las cenizas al océano. Mañana repetiremos el ritual, pero será en mi palacio.

–En ocasiones ayuda llevarlo a cabo en un lugar que fue familiar para el muerto –comentó tío Philip.

–¡La lluvia me ha impedido oír bien lo que me ha dicho el Barón Samedi! –gritó Duvalier–. Me ha dicho que mañana no fallará, ¿no?

–Sí, quería decir eso –repuso mi tío.

Yo nunca habría podido imaginar que lo vería adoptando una actitud tan humillante, mucho más todavía que con motivo de la visita matinal de los Tontons Macoute. Aquella tensa escena, a la que la tempestad cargaba más de electricidad, despertaba en mí tanta fascinación, que ya no me importaba que la lluvia estuviera empapando también mis ropas y mi cabello. Nadie se movía en el claro, como si todos los presentes aguardaran la autorización de Duvalier para hacerlo. Y entonces sucedió lo que yo no esperaba: uno de los Tontons Macoute asestó una bofetada a mi tío, al tiempo que gritaba:

–¡Ya has oído..., otra vez mañana, y sin fallos!

Me di cuenta de que tío Philip apretaba los puños, conteniéndose para no responder a la agresión. Mi primo se acercó a él para cogerlo de una mano. Considerando que había visto suficiente y que no tenía sentido quedarme más tiempo allí, pues el grupo podría disolverse en cualquier momento, me dispuse a marcharme. Al darme la vuelta, sin pretenderlo hice quebrar una rama y todos se volvieron a mirar con atención hacia el lugar donde me hallaba. Uno de los Tontons Macoute dio unos pasos hacia la espesura mientras extraía una pistola de su chaqueta. A esa distancia, las gafas oscuras daban la impresión de ser grandes ojos negros, como si se tratara de una criatura nocturna.

Yo no me atrevía a moverme, por temor a provocar ruidos que revelaran mi presencia, y es probable que el individuo que venía hacia mí me hubiera descubierto de no haber sido por la súbita irrupción en el claro de dos de los zombis que pululaban por el campo. Eso pareció tranquilizarlos, y el hombre de las gafas oscuras regresó al lado de Duvalier mientras devolvía su pistola a la chaqueta, no sin volverse a mirar otra vez hacia el campo.

Retrocedí en cuclillas y no me forcé a ir deprisa hasta que calculé que ya había interpuesto una buena distancia entre mi persona y el sitio donde se había celebrado el fallido ritual. Cuando lo estimé oportuno, eché a correr, pisoteando a ciegas el barro formado por la lluvia, entre las cañas de azúcar continuamente iluminadas por los relámpagos, que azotaban mi rostro, mis piernas y mis brazos.

El trecho que me separaba de la casa se me antojó inmenso, y hasta llegué a pensar que me había extraviado por el laberinto de cañas, ya que no había forma de que la silueta del edificio, a un tiempo temida y deseada, extraña y familiar, surgiera ante mí. Me consolaba pensar que la tormenta me evitaría al menos ver a tía Marge, pues no era factible que Chantal hubiera salido a pasear con ella bajo la lluvia. Cuando llegué, la tormenta no había cedido en intensidad, y si pude entrar, fue gracias a la ventana cuyo cristal seguía roto y que nadie, por suerte para mí, se había preocupado de sustituir por otro. Solo entonces me percaté de que estaba completamente empapado, hasta el extremo de que al caminar por el vestíbulo tuve la sensación de que la lluvia me seguía acompañando por el interior de la casa. Todo me parecía posible en aquella noche a la vez mágica y terrible.

Aun así no subí al dormitorio hasta que hube satisfecho una curiosidad en la cocina: deseaba saber si habían repuesto la provisión de alimento para mi tía. En el frigorífico encontré, en efecto, otro recipiente de cristal medio lleno de sangre, y no pude evitar preguntarme de dónde provenía, a quién se la habrían extraído. Sin duda era sangre animal, me respondí a mí mismo; no podía ser humana. Recordando lo sucedido en presencia de tío Philip, no quise tocar el recipiente por temor a romperlo. Debían de haberlo movido de allí hacía poco, porque las paredes de cristal todavía conservaban residuos del líquido rojo y espeso, el cual, como en un cuadro abstracto, se deslizaba lentamente por el camino de vidrio para ir a reunirse con el resto, y eso era una confirmación de que tía Marge acababa de beber, acababa de alimentarse. Sin embargo, la casa estaba dominada por el silencio. Me retiré a mi habitación sin dar la luz, a la vez fascinado y asqueado.

Arriba, cambié mis ropas empapadas por el pijama seco y fui al baño para frotarme vigorosamente el cuerpo con una toalla. Fue una precaución inútil. Al poco rato de haberme acostado, sin detenerme a vigilar desde el balcón el regreso de mi tío y mi primo, noté un doble cosquilleo en la garganta y en la nariz, y un violento estornudo me advirtió de que me había resfriado. Por eso me costó quedarme dormido, aunque lo conseguí esforzándome cuanto pude por dejar la mente en blanco a pesar de la fuerte carga emocional que llevaba conmigo.

Desperté con la sensación de que no estaba solo en el dormitorio.

La noche era oscura y la lluvia continuaba poniendo un monótono ruido de fondo al caer sobre el tejado, la tierra y el campo. Nada más abrir los ojos divisé entre la negrura un bulto blanco cerca de la puerta. De momento solo pude advertir que era una mujer, e intuí que se trataba de tía Marge. No estaba inmóvil, sino que se iba aproximando despacio a mi lecho. El sonido de sus pasos no era más que un roce en el suelo, no más fuerte que el de las pisadas de un gato. Tenía los ojos tan abiertos que inspiraban miedo, y abría y cerraba incesantemente la boca. No me pregunté qué la había llevado a subir a mi habitación. Coincidiendo con un estornudo mío, mi mano tanteó por la pared en busca del interruptor de la luz, y un resplandor amarillento sustituyó a la oscuridad. Pero lo que me sobrecogió fue que, a pesar de que yo había tenido que parpadear a causa de la repentina llegada de la luz, tía Marge no se alteró por ello: sus ojos seguían posados sobre mí, sin que eso pareciera afectarla.

–Tía Marge..., soy Johnny..., tu sobrino –acerté a balbucir, aun sabiendo que no podía reconocerme.

En efecto, no dio muestras de haberme oído y no se detuvo hasta que se situó a mi derecha, al lado de la cama. Mi respiración era el único sonido en la habitación. Yo me había incorporado, manteniendo la espalda apoyada contra la cabecera del lecho, y miraba cómo seguía abriendo y cerrando la boca, detrás de la cual se dibujaba una negrura siniestra. Su rostro tenía un color entre azulado y ceniciento, como correspondería al de un cadáver en el que empezaran a hacerse notar los efectos de la muerte, y solo inspiraba rechazo, un deseo de volver la mirada hacia otra parte. ¿Qué pretendería de mí?

No solo abría y cerraba la boca. Súbitamente extendió hacia mí los brazos, como si pretendiera alcanzarme con ellos, y no pude reprimir un grito, el cual coincidió con la irrupción de Alfred en el dormitorio.

–Madre, no debes estar aquí...; padre se enfadaría si lo supiera –le dijo a tía Marge con voz suave–. Ven conmigo, volvamos a tu habitación.

Mi tía, o el cadáver que en vida había sido mi tía, se detuvo, dejó caer los brazos a sus costados y, no sin experimentar un escalofrío, vi cómo Alfred la cogía por una mano, lo cual me hizo sentir como si fuera yo mismo quien estuviera tocando aquella carne fría, muerta. Ambos llegaron así a la puerta, desde donde mi primo se volvió para decirme:

–No tendrías que haber venido a esta casa; este mundo no es el tuyo. ¿No has pensado en regresar a Inglaterra?

Lo dijo con calma, y eso me dolió aún más que si lo hubiera dicho con dureza, porque era evidente que no se trataba de una reacción dictada por la tensión del momento, sino de algo meditado. En cuanto salieron me quedé mirando la oscuridad dibujada al otro lado de la puerta, el vacío que habían dejado al marcharse, y al tomar conciencia de que estaba solo, fui a echar el pestillo. No lo había. Como no deseaba recibir otra visita de esa naturaleza, no se me ocurrió nada mejor que colocar detrás de la puerta la silla del escritorio; de esa manera, si alguien pretendía entrar durante la noche, al menos no me pillaría desprevenido. Pero no sucedió nada.

Por la mañana no quedaba otro rastro de la tormenta que unas pequeñas manchas de humedad en el balcón y los suelos embarrados. Ni siquiera olía a lluvia. La atmósfera no había refrescado y se notaba que íbamos a padecer el mismo calor agobiante de todos los días. Yo notaba un fuerte picor en la nariz y en la garganta, tenía los ojos doloridos, y había estornudado varias veces seguidas, todo ello señales inequívocas de que el resfriado había crecido en intensidad. Cuando bajé a desayunar, con el recuerdo del rostro cadavérico de tía Marge fijado en mi retina y el eco de las palabras de Alfred sonando todavía en mi mente, Monique me dijo que mi tío deseaba hablar conmigo en cuanto yo estuviera libre.

Me preparé para lo peor: mi primo debía de haberle contado lo sucedido y esperaba una reprimenda –aunque no hubiera hecho nada reprobable–, o incluso la sugerencia de que mi presencia no era grata en aquella casa. Por eso procuré desayunar despacio, tanto para retrasar el momento de verme ante mi tío como para ir preparando mentalmente mis argumentaciones. Del comedor pasé al despacho de tío Philip, donde este me esperaba sentado a su mesa y rodeado de libros viejos y de un desorden de papeles garabateados.

–Siéntate, Johnny –me dijo con inesperada amabilidad, señalándome un sillón de mimbre frente a él, que crujió en cuanto me senté–. Es necesario que te explique una cosa de cierta importancia.

Por su tono conciliador daba la impresión de que lo que se proponía decir no era tan importante como anunciaba. No había vestigios en él del hombre que me había imprecado con tanta dureza en la cocina, ni del humillado por Duvalier y los Tontons Macoute. Arrancó con los dientes un pequeño trozo de un largo habano y lo llevó a su boca. Cuando lo encendió, el humo me hizo toser.

–Puede que te parezca raro lo que voy a pedirte, pero esta noche tendrás que acompañarme al palacio del presidente Duvalier –empezó a decir con suavidad–. Me ayudarás en una ceremonia; será sencillo, solo tendrás que entregarme, a medida que te los vaya pidiendo, unos objetos que llevarás en una bolsa que te daré al salir de casa...; es parecido a una intervención quirúrgica en la que yo haría de cirujano y tú de ayudante... Pero no debes asustarte, no será preciso abrir ningún cuerpo. No puedes imaginar siquiera lo importante que esto es para mí..., para los Walcott.

Iba a preguntarle: «¿Igual que Alfred anoche en el claro de la plantación?», pero no dije nada para evitar delatarme, y lo miré, esperando a que siguiera hablando. Pareció extrañarse de mi silencio.

–Eres todavía demasiado joven para comprender ciertas cosas, Johnny... Aquí nadie lo es a tu edad, los adolescentes maduran muy deprisa, pero has venido de otra tierra..., se puede decir que de otro mundo... ¿Recuerdas lo que te conté sobre mi esposa? Murió y vive..., tú la has visto y sabes que fue obra mía. Pues bien, el hermano de la esposa de Duvalier falleció hace dos días y me propongo hacer con él lo mismo que hice con tu tía, pues se han empeñado en que lo vuelva a la vida..., que haga de él un zombi.

Oír aquello durante el día, aunque la estancia se mantenía en una discreta penumbra, tenía algo de absurdo, casi de demencial. Ahí estaba tío Philip diciendo que iba a convertir en zombi al cuñado del presidente Duvalier, y yo asentía como si fuera un hecho normal al que estuviera acostumbrado.

–Se lo habría pedido a Alfred, pero anoche pilló un fuerte resfriado y está en la cama con fiebre... Más aún, iba a venir él, pero en su estado no puede, y bien que lo lamenta. Entiéndeme, es absolutamente imprescindible que lo haga esta noche, y para ello necesito a un joven ayudante. Solo tendrás que limitarte a hacer lo que te he dicho y ponerte una túnica negra encima de la ropa. Te agacharás y arrodillarás cuando te lo indique, y no deberás mostrar extrañeza por nada de lo que suceda, ¿me entiendes?

–Sí, pero yo también estoy resfriado –aduje, horrorizado por la idea de encontrarme en medio de una ceremonia semejante a la que había visto en el claro.

Tío Philip se levantó y vino hacia mí. Escrutó mis ojos y me tocó la frente.

–Tú no tienes fiebre; podrás venir conmigo –dijo.

Súbitamente comprendí su intención: tenía miedo de que el ritual volviera a fallar y no quería que la vida de Alfred corriera peligro en el caso de que Duvalier reaccionara con violencia; prefería que fuera yo quien arriesgara la mía, y eso, por más que pudiera resultar comprensible desde su condición de padre, en el fondo no dejaba de ser una brutal muestra de egoísmo. Si no alegué nada, fue porque en el interior de los seres humanos late una fuerte atracción por el peligro, por el hechizo del abismo; yo no era una excepción, y aquello significaba para mí entrar en un mundo nuevo.

–¿A qué hora saldremos de casa? –le pregunté.

–Habrá que estar a las doce de la noche en el palacio de Duvalier..., la ceremonia nos llevará un par de horas –repuso dedicándome una mirada de satisfacción; estaba claro que mi sometimiento le agradaba y que no tenía intención de preguntarse por qué yo aceptaba sin discutir–. Una cosa más, Johnny..., cuando venga Ben Perkins no le expliques nada de esto..., no le importa lo que vamos a hacer.

–No le diré nada.

–Eso está bien... Por cierto, ¿qué tal fue vuestro primer día? Me refiero a vuestra primera clase.

Parecía que intentaba asumir su papel de pariente interesado y protector, pero me di cuenta de que evitaba mirarme a los ojos.

–Normal, creo que será un buen enseñante.

–Algo así me dijo el director del colegio... Ahora déjame solo; tengo que meditar y prepararme para la noche. ¿A qué hora vendrá Perkins?

–Ayer vino hacia las once.

–Bien, todavía tienes tiempo para repasar tus lecciones –dijo, dándome en el hombro una palmada que pretendía ser cariñosa.

–¿Me dejas que te haga una pregunta? –y, sin esperar a que lo permitiera, añadí–: ¿Por qué no hay espejos en la casa? Pienso en eso desde que estoy aquí.

No debía de esperar que se tratara de eso, ya que tardó en responder.

–Es por mi esposa, Johnny..., es por mi esposa... No quiero que se pueda ver reflejada en ningún espejo. No sé si ella sería consciente de lo que viera, pero yo no podría soportarlo. Ahora, por favor, te lo repito..., déjame solo.

Al salir del despacho de mi tío, sumido en un mar de contradicciones, subí a coger el libro de Poe con el propósito de repasar el poema «Annabel Lee». Me había dejado prender sin ofrecer resistencia en la trampa que había tendido tío Philip, quien había sabido jugar bien con mi prudencia y mi curiosidad. Esa noche tendría que asistir, y no como testigo, a uno de los momentos más peligrosos y excitantes de mi vida, del que ignoraba cómo saldría librado. Todo dependía de que mi tío fracasara o no con su conjuro.

El poema no figuraba en el libro, pero me acordé de que Ben había dicho que lo traería él. Bajé, pues, al jardín llevando conmigo el volumen de cuentos. Después de todo, la atmósfera y el estilo eran similares y estaría bien preparar la clase releyendo algún cuento mientras esperaba la llegada de Ben. No olvidé bajar también el transistor, y así, con Poe y con el fondo de los poemas sinfónicos de Sibelius, me senté en el suelo del cenador hasta que las saetas de mi reloj marcaron las once menos diez. Durante ese tiempo repasé el terrible «El enterramiento prematuro» y «Morella», fascinado por sus atmósferas angustiosas y por la extrema sensibilidad que mostraba Poe en su relación con el amor y la muerte, los dos temas recurrentes de toda su obra.

Estaba a punto de salir del jardín cuando vi llegar a Benjamin Perkins. Iba vestido igual que el día anterior y llevaba la misma cartera de mano. Sonrió al verme.

–Esa anciana que hay en la casa me ha dicho que estabas por aquí –me saludó, tendiéndome la mano–. Si no te importa, podemos dar la clase en el jardín. La tormenta de anoche ha vivificado los olores y los colores, y será mejor que estar encerrados en una habitación sin ventilar.

Era verdad. Casi no me había percatado de ello, pero la vegetación parecía esa mañana más verde de lo habitual, las flores tenían un colorido más vivo y el aire estaba como perfumado. Es probable que incluso hubiera llegado a sentirme bien de no haber sido por mi resfriado y por la terrible prueba que me esperaba por la noche. Mi respuesta fue un estornudo.

–Tendrás que ir con cuidado las noches de tormenta –me recomendó Ben, sonriendo–. El clima de este lugar es tan extraño como sus habitantes y sus costumbres... ¿Has leído el poema que te indiqué?

–No figura en el libro que tengo.

–Lo he traído..., no te preocupes, disponemos de tiempo para repasarlo –dijo, agitando la cartera de mano.

Habíamos empezado a caminar en dirección al cenador, pero se detuvo a mirar la monstruosa estatua de la fuente. Curiosamente, la luz del sol hacía parecer el musgo más oscuro.

–No es el ornamento más agradable para un jardín –comentó–, y sin embargo no carece de atractivo. Es curioso..., hasta hoy nunca había visto en Haití una estatua como esta, no se corresponde con el ambiente..., está fuera de lugar.

–Tal vez mi tío compró la casa a algún europeo –sugerí.

–Sí, podría ser –admitió.

Ben Perkins observaba todo con atención y de vez en cuando fruncía el ceño, aunque no dijo nada más hasta que avistamos el quiosco.

–Suelo leer ahí –le expliqué señalando el cenador–. Me agrada, pero no hay sillas para sentarse.

–Si a ti no te importa, a mí tampoco. Es un lugar perfecto para leer a Poe –y recitó–: «Hace ya muchos años, muchos años, allá en un reino junto al mar turquí, vivió una muchacha cuyo nombre os daré a conocer: Annabel Lee; la cual solo gozaba con la idea de ser amada y de vivir por mí...». ¿Lo recuerdas?

–Me acuerdo sobre todo del final.

–Lo encuentro lógico a tus años; es impresionante, y más todavía cuando se lee a determinada edad. Poe tenía una sensibilidad tan aguda que llegaba a ser enfermiza. Abre las puertas a un universo de sentimientos absolutos, dominado por la doble figura del amor y de la muerte. ¿Te has fijado en que la constante repetición del nombre de Annabel Lee posee el mismo sentido que las repeticiones de las palabras «nunca más» en el poema «El cuervo»? Es la expresión de un profundo dolor ante la ausencia definitiva de la amada...

Animado por sus palabras, recité:

–«No brilla la luna sin traerme los sueños de la bella Annabel Lee, y las estrellas no aparecen nunca sin la mirada fiel de Annabel Lee, y así, durante el flujo y el reflujo, duermo junto a mi esposa Annabel Lee en el triste sepulcro abandonado, en nuestra tumba, allá en el mar turquí...». Es muy hermoso.

–Eres un joven de temperamento melancólico, ¿lo sabías?

–Pero no soy triste –protesté.

–La tristeza y la melancolía no son lo mismo; se puede ser melancólico en la alegría... ¿Tú crees que este poema es melancólico o triste?

–Melancólico, diría...

–¡Bravo! Vamos a sentarnos ahí, las hojas secas forman un buen cojín.

Lo primero que hizo al sentarse fue abrir la cartera y sacar de ella un libro y su pipa, que llenó y encendió parsimoniosamente mirando en torno suyo con aire soñador, mientras me hacía leer en voz alta el poema completo. Su expresión era en aquellos momentos la viva estampa de la satisfacción de saberse y sentirse vivo. Esperó a que yo terminara de leer para decirme que esa mañana estudiaríamos la musicalidad de las palabras y las semejanzas de la atmósfera con la de algunos relatos del mismo autor, para acabar con su idea de la mujer, caracterizada por la misma sensibilidad enfermiza con la que filtraba su mirada sobre el mundo.

Ben Perkins se expresaba con pasión, alzando a menudo los brazos hacia el techo del cenador, como si buscara encontrar la continuidad a sus frases en el aire aprisionado entre los hierros herrumbrosos y saturado de aromas de flores, sobre el cual se superponían los cantos de los pájaros. Oyéndole hablar, parecía que las palabras estaban vivas y fluían hacia mí encerrando diversos significados, y me di cuenta por primera vez de que Poe, y otros grandes escritores como él, no se limitaban a contar una historia de mayor o menor atractivo, sino que encerraban todo un mundo entre sus páginas. Es comprensible que la mañana se deslizara hacia su final sin que yo reparase en ello, y que consiguiera hacerme olvidar lo referente a la ceremonia a la cual debería asistir por la noche.

–El tiempo vuela..., es hora de marcharme –dijo tras consultar su reloj–. Espero que la charla te resulte provechosa... He pensado que mañana estaría bien analizar a algún autor de tu país. ¿Prefieres que hablemos de Dickens o de Shakespeare? ¿O acaso prefieres a Machen o a Yeats?

Me habría gustado responder que no estaba claro que hubiera un mañana para mí, pero no me atreví porque, si decía eso, tendría que contarle también todo lo relacionado con tío Philip, Duvalier y su cuñado muerto. Ante mi silencio, propuso a Dickens.

–Veremos cómo el *Pickwick* contiene no pocas enseñanzas del *Don Quijote* español. Son unas aventuras muy divertidas, que harán de contrapunto a la sombría delicadeza de Poe... Traeré el libro –dijo.

Al abandonar el espacio del cenador, se detuvo a observar la cúpula. Unos pájaros levantaron el vuelo, interponiéndose durante unos segundos entre el sol y nosotros.

–Es un lugar interesante..., me gustaría conocer cuál fue el origen de esta casa –dijo.

Le acompañé hasta el caserón, ante cuyo porche estaba aparcado su viejo descapotable, y antes de subir a él escribió algo en una hoja de papel y me la tendió.

–Es mi dirección en la ciudad. Si algún día necesitas algo de mí o quieres hacerme una consulta, no dudes en ponerte en contacto conmigo. Ahí figura mi teléfono.

–No podría hacerlo, en casa solo hay un teléfono y no funciona –repuse.

–Tu tío debería hacer reparar la línea... ¡Y vigila ese resfriado!

Su marcha me produjo una rara sensación de dolor y me sentí como vacío. Ben era la única persona que me había tratado con deferencia en Haití, y su cultura y su amor por los libros no hacían sino aumentar mi simpatía por él. ¿Por qué tío Philip tenía que ser tan diferente?, me pregunté.

Dispuse del comedor para mí solo. Según Monique, Chantal había comido con Alfred en la habitación de este (quizá con objeto de hacerme más creíble su resfriado), y mi tío había dicho que no iba a moverse de su despacho. Después de comer, me quedé dormido en mi dormitorio pasando páginas del libro de Poe, releyendo algunos párrafos salteados mientras mantenía el transistor encendido.

Desperté ya de noche, y se me encogió el ánimo al ver que la oscuridad se había apoderado de la casa, lo cual significaba que el momento de acudir al palacio de Duvalier estaba cada vez más próximo. No quise mirar la hora ni pude buscar consuelo ni ayuda en la música porque las pilas del transistor se habían consumido. Tendría que preguntar a Monique si había otras de recambio en la casa; de lo contrario debería pedírselas a Ben Perkins y me vería obligado a hacer frente a todo un día sin contar con la compañía de la música. Estaba pensando en eso cuando volvió a acometerme el presagio de que no llegaría a ver el nuevo día.

Con el ánimo sombrío, me aseé más despacio que nunca, como si tuviera deseos de prolongar el instante o detener el tiempo, y apenas salí del cuarto de baño percibí unas pisadas en el rellano. Enseguida vi que se trataba de Monique, quien venía a decirme que tío Philip me esperaba en su despacho. No había luz en la escalera, algo a lo que ya me estaba habituando, y habría bajado más deprisa de no haber sido porque temía que llegara el momento de salir de la casa. Algo dentro de mí hacía que me sintiera atraído por la aventura, pero algo todavía más fuerte infiltraba el terror en mis venas.

–Debes estar preparado; nos marcharemos a las diez –me informó tío Philip sin preámbulos; y añadió, señalando a un rincón de la estancia–: Allí hay una bolsa tapada con una túnica negra. La túnica es para ti, tendrás que ponértela antes de salir; en cuanto a la bolsa, colócala encima de esta mesa, quiero que veas su contenido.

Hice lo que me pedía, pero fue él quien se encargó de abrirla, y aunque yo sabía qué había dentro de ella, me estremecí cuando me fue mostrando las cosas una a una, desde el cráneo descarnado, seco, hasta el pedazo de madera, que desprendía un raro olor, como el de una esencia desconocida.

–Te iré pidiendo estas cosas durante el ritual. Piensa que un solo titubeo tuyo podría hacerlo fracasar, lo cual no nos conviene a ninguno de nosotros, ni siquiera a tu tía... La estabilidad de esta casa depende de lo que suceda esta noche –hizo una pausa y su mirada se perdió en algún lugar del techo, pero enseguida volvió a mirarme–. Y debes aprenderte las palabras que figuran aquí –me tendió una hoja de papel cuadriculado–. Cada vez que me oigas recitar responderás con una de ellas..., precisamente en el orden en que figuran. Es imprescindible que respetes este orden. Dispones de una hora para memorizarlas, no creo que sea un problema porque solo en la mitad de ese tiempo podría conseguirlo hasta el estudiante más tonto. Si quieres, puedes subir a tu habitación para estudiarlas, o quédate en el vestíbulo, a tu gusto, pero no lo hagas en mi despacho..., me distraerías. Quiero verte a las diez en la puerta y con la túnica puesta.

Hacía rato que sentía picor en la nariz y no pude reprimir un estornudo.

–No te empeñes en recordarme que estás resfriado..., vas a venir conmigo lo estés o no. Y procura no estornudar durante el ritual; no sería conveniente –añadió tío Philip.

Las palabras que figuraban en la hoja de papel no tenían ningún sentido para mí. No eran seis, sino siete:

N'gami, alahmar, toussaguin, abdel'hacam, maberfer, membene y *sougani*. Pero me resultó difícil memorizarlas a causa del tono perentorio con que me lo había exigido mi tío y por la importancia que parecía concederles. El orden debía ser ese mismo, me dije una y otra vez; no podía pronunciar una palabra que no correspondiera al momento en que debía decirla. Y, consciente de la dificultad, me dediqué a ello sentado en una silla en un rincón del vestíbulo, bajo la difusa luz de la lámpara de pie y con la túnica encima de mis rodillas.

Todo aquello me habría parecido ridículo si me lo hubieran contado, pero en esos momentos sentía al mismo tiempo temor y responsabilidad. De vez en cuando veía cómo las saetas se iban aproximando inexorablemente a las diez, aumentando mi nerviosismo. Durante ese rato, nadie me molestó, de lo que deduje que mi tío había debido de ordenar que me dejaran solo. A las diez menos diez me levanté para ponerme la túnica negra, y solo entonces reparé en que las siete palabras figuraban también en ella, y además en el mismo orden requerido para la ceremonia, lo cual no debía de ser casual. ¿A qué tipo de mensaje o invocación respondían? ¿Cuál sería su significado?

Esperé junto a la puerta musitando las siete palabras, tratando de respetar el orden en que aparecían, y a las diez en punto mi tío salió del despacho. Llevaba la túnica blanca de la noche anterior, en la que constaban asimismo las enigmáticas palabras. Pero su expresión se había transformado: ya no parecía el hombre nervioso y asustado al que había visto durante el día en su despacho, sino un hombre duro, decidido y seguro de sí.

–¿Te has aprendido bien las palabras? –inquirió–. Recítalas en voz alta, no puedo arriesgarme a que cometas una equivocación.

Se las repetí, pero titubeé al pasar de la quinta a la sexta; de hecho, empecé a decir *sougani* en lugar de *membene,* aunque solo llegué a pronunciar *soug*. Tío Philip me asestó una bofetada tan fuerte que me hizo saltar lágrimas.

–¡Es imprescindible que respetes el orden sin tener ni un fallo! –gritó–. ¿Me entiendes? Im-pres-cin-di-ble. Está en juego mi vida, y con ella las de tu tía y tus primos... Y si no quieres hacerlo por nosotros, hazlo por ti: Duvalier no te dejará vivo si no funciona.

El suelo de madera del porche y los peldaños crujieron extrañamente a nuestro paso, como si estuvieran vivos y las pisadas les arrancaran quejidos. A través del velo de lágrimas vi que Alain esperaba junto a la portezuela del Cadillac correspondiente al lado del volante. Se limitó a abrírsela a mi tío y a pronunciar otra palabra desconocida con la que, supuse, debía de desearle suerte: algo así como *ahman'ouli*.

–Te recomiendo que aproveches el trayecto hasta la ciudad para repasar las palabras –me dijo tío Philip.

–¿Por qué son siete?

–Es un número cabalístico, estrechamente vinculado al ocultismo... Sería largo de explicar y no lo comprenderías. Además, no te importa, limítate a hacer lo que te he ordenado.

¡Qué distinto fue aquel trayecto del que había efectuado a la inversa el día de mi llegada, sin saber lo que me aguardaba allí! En cuanto abandonamos el polvoriento camino perteneciente a la plantación y salimos a la carretera que llevaba a la ciudad, no vi más que negrura a ambos lados. Tío Philip conducía en silencio, y en ocasiones se volvía a mirarme como si quisiera asegurarse de que estaba concentrado, tratando de memorizar las palabras. De tanto en tanto, alguna lejana hoguera a la derecha o a la izquierda de la carretera era la única señal de vida. Y los caserones que había visto yendo con Alain se hallaban diluidos entre las sombras. Ni siquiera se divisaba en ellos una mínima luz que se pudiera asociar con la existencia de vida. Todo hacía pensar en una carretera perdida que no llevara a ninguna parte.

En manos de mi tío, el automóvil cogió pronto una velocidad excesiva, casi suicida, pero yo solo veía cómo unos tramos de oscuridad sucedían a otros, inalterables, cuentas invisibles de un rosario de tinieblas colgado del cielo. Me sentía como si fuéramos los únicos habitantes de un planeta oscuro y siniestro.

Al girar por un recodo, una figura apareció en medio de la carretera y mi tío apenas tuvo tiempo para frenar. El chirrido de las llantas del vehículo se mezcló en mis oídos con el ruido producido por un cuerpo al ser embestido, y me vi empujado con violencia hacia delante. Mi cabeza chocó contra el cristal del parabrisas.

–Solo faltaba esto..., ¿te encuentras bien? –me preguntó tío Philip.

–Sí..., creo que sí.

Profiriendo una maldición, mi tío bajó apresuradamente del coche y vi que se acercaba a un cuerpo caído a escasa distancia de donde nos habíamos parado. Mi intención era ir a comprobar con él qué había sucedido, pero lo impidió gritando:

–¡No te muevas de ahí!

No tenía la intención de obedecerle, pero cuando me disponía a bajar noté un mareo que me obligó a permanecer sentado. Me parecía que el paisaje se movía en torno mío. Tío Philip se había agachado a inspeccionar el cuerpo, a mi modo de ver innecesariamente, porque a la velocidad a la que iba el coche, el impacto no podía haber sido sino mortal, y con los ojos entornados me percaté de que los brazos del caído se dirigían hacia el cuello de mi tío.

–¡Es un zombi…, un maldito zombi! –oí gritar a este.

Eché a correr hacia ellos, sin hacer caso del mareo, y vi cómo tío Philip, en cuyo cuello habían hecho presa las manos del caído, sacaba una pistola de un bolsillo de su túnica. El sonido del disparo fue tan estrepitoso que habría hecho enmudecer todo si no hubiera habido tanto silencio. Ante mi horror, las manos del zombi resbalaron desde el cuello de mi tío a la carretera y este se incorporó de un salto.

–¿No te había dicho que no salieras del coche? –gritó.

El aire olía a pólvora y tuve una náusea al mirar al zombi. No hacía falta ser un experto para darse cuenta de que la bala le había entrado por debajo de la barbilla y salido por la base del cráneo, atravesando la cabeza, y de los dos boquetes surgía abundante sangre. Lo que más me impactó fue ver los ojos inmensamente negros del muerto –¿debía llamarle muerto?, ¿acaso no lo estaba antes de que mi tío le disparara?–; iguales que los de los hombres a los que había visto deambulando por la plantación; iguales que los de tía Marge.

–Deberían tener más cuidado con estos seres –dijo mi tío–; no pueden dejar que vaguen por la carretera y provoquen accidentes.

¿Aquel hombre no tenía conciencia? ¿Cómo podía hablar de esa manera de alguien que, al fin y al cabo, se hallaba en el mismo estado que su esposa, entre la muerte y la vida? Miré una vez más aquellos ojos negros que habían visto dos veces a la muerte… ¿Sería esta la definitiva?

–¿No puede volver a vivir? –pregunté con un hilo de voz; mi sensación de mareo iba en aumento.

–El ritual de la vuelta a la vida solo puede tener efecto una vez –repuso mi tío–, pero no creo que nadie se moleste en intentarlo...; sobran cuerpos para mano de obra en las plantaciones... Y tú, ¿por qué has salido del coche?, ¿no te había dicho que te quedaras allí?

–Te estaba agrediendo...

Tío Philip empujó con los pies el cuerpo hasta dejarlo tendido en el arcén. Entonces me di cuenta de que no lo veía con nitidez y, de repente, todo giró a mi alrededor y me desplomé, aunque no llegué a perder el conocimiento.

–¡Menudo contratiempo! –gritó mi tío mientras venía a atenderme–. No estarás herido, ¿verdad?

–Es... un mareo... –balbucí.

–Espera, voy a levantarte –dijo.

Gracias a él pude incorporarme. La cabeza seguía dándome vueltas, pero conseguí mantener el equilibrio y, en cuanto pude permanecer de pie, volví al coche.

–No ha sido más que una consecuencia de la impresión, un trago de buen ron te ayudará a reponerte –opinó tío Philip.

Mientras decía eso cogió una botella que había en el asiento posterior del Cadillac. De momento, el alcohol me hizo toser, y una oleada de calor subió de mi estómago a mi cabeza.

–Seguro que ahora te sentirás mejor... Supongo que este incidente no te habrá hecho olvidar las siete palabras –dijo mi tío–. Las vas a ir repitiendo en voz alta hasta que lleguemos a la ciudad..., es el único canto que quiero oír. Esfuérzate por memorizarlas y respetar el orden.

En cuanto puso en marcha el coche me volví a mirar el cuerpo tirado en la cuneta, apenas una mancha que iba quedando atrás en la noche más oscura de mi vida.

Capítulo sexto

La ceremonia de la resurrección

Supe que estábamos llegando a Port-au-Prince cuando algunas brechas de luz rompieron la negrura que nos había rodeado desde que salimos de la plantación: eran las cabañas de los suburbios. El atropello del zombi parecía haber puesto a tío Philip aún más nervioso de lo que estaba, y por eso no me extrañó que detuviera el automóvil antes de entrar en la ciudad. Aspiró y espiró varias veces con fuerza como si necesitara más aire, y luego se inclinó hasta acariciar el volante con el rostro. Yo, que desde el momento de reanudar la marcha después del accidente no había parado de repetir en voz alta las siete palabras, no osé interrumpirme hasta que mi tío me ordenó que me callara.

–Ya está bien, John, ya está bien... Veo que el golpe no te ha hecho perder la memoria. Solo te pido que las sigas recordando cuando llegue la ocasión de recitarlas.

Antes de seguir, apartó la cabeza del volante para encender un cigarrillo con manos temblorosas y le dio varias caladas. Nunca le había visto fumar cigarrillos, ni tampoco hacerlo con los habanos con tal ansiedad. No esperó a terminarlo, sino que lo lanzó a la carretera en cuanto se percató de que tres o cuatro jóvenes habían surgido de la oscuridad y se acercaban a nosotros, y puso de nuevo en marcha el automóvil, que durante unos minutos estuvo pasando entre dos hileras de cabañas mal iluminadas, de algunas de las cuales surgían cánticos.

Las calles de la ciudad estaban concurridas y abundaban los todoterrenos y los descapotables sucios. El calor era todavía más sofocante allí que en la plantación. Tío Philip condujo sin atender las señales de los semáforos, por lo demás escasos, ni hacer caso a las protestas de otros conductores, en tanto yo observaba los parpadeos de los anuncios luminosos y las entradas a los bares y clubes nocturnos. Por las aceras había más mestizos y hombres de color que blancos, y, por lo que llegué a advertir, estos se desplazaban por la ciudad en automóvil. ¿En qué parte de la ciudad viviría Ben Perkins?, me pregunté. Después de dar vueltas por varias calles, mi tío enfiló el coche por una larga avenida flanqueada de palmeras, al término de la cual se alzaba un edificio que, supuse, debía de ser el palacio del presidente Duvalier. Era un edificio rectangular de dos plantas y rodeado por un amplio jardín, ante el cual montaban guardia al menos media docena de hombres vestidos de uniforme y armados con metralletas. Tío Philip detuvo el Cadillac, me hizo bajar y se identificó ante dos de aquellos hombres, que habían venido hacia nosotros para impedirnos el paso.

–El presidente me espera –añadió, mostrando su documentación.

Sin decir nada, uno de los hombres me señaló con su metralleta.

–Es mi ayudante –explicó mi tío.

El mismo hombre entró en el palacio llevándose con él la documentación de tío Philip mientras el otro no dejaba de apuntarnos con el arma. Tuvimos que esperar fuera hasta que salió acompañado por dos Tontons Macoute, unos individuos corpulentos cuyas gafas oscuras y sonrisas de superioridad los hacían tan desagradables como a todos los que yo había tenido ocasión de ver. El hombre armado le devolvió la documentación a tío Philip, aunque parecía hacerlo con desgana, y los Tontons movieron la cabeza indicando que los siguiéramos. Antes de entrar en el edificio nos registraron.

–Es la norma –dijo el que registró a mi tío–. Corren malos tiempos para el país.

El vestíbulo era lujoso hasta la ostentación. La araña de luz que colgaba del techo –una barroca maraña de brazos de oro y colgantes de destellante pedrería– y los candelabros colocados encima de elegantes muebles de madera noble, junto a unas cestas llenas de frutas, hacían brillar las baldosas ajedrezadas del suelo; las paredes habían desaparecido detrás de cuadros y tapices, y los ventanales estaban cubiertos con bellos cortinajes de terciopelo escarlata. En medio de la sala nacía una amplia escalera de anchos peldaños de mármol blanco por la que sin duda se accedía a los pisos superiores; sin embargo, los Tontons Macoute no nos hicieron subir por ella, sino que nos llevaron hasta una puerta de forma oval situada en un rincón, la cual daba a una oscura escalera cuyos peldaños de piedra, más estrechos que los de la otra, parecían conducir al sótano. Al cruzar el umbral con aquellos hombres me inquieté, pero enseguida pensé que no debían de tener otra orden que la de conducirnos ante Duvalier y el cadáver de su cuñado.

Todo cuanto había de fúlgido y elegante en el vestíbulo lo había de sucio y siniestro en aquella escalera: no se trataba solo de los restos de telarañas que pendían del techo semejantes a espesos sudarios, sino también del suelo ennegrecido y de las paredes corroídas por la humedad, hinchadas como el vientre de un hidrópico. Había en el aire una fetidez de cripta. Tal como había supuesto, aquella escalera conducía a un sótano donde el hedor aún se hacía notar más, y cuando dejamos atrás el último peldaño, los Tontons Macoute nos hicieron ir a un lugar abovedado donde a medio camino había una verja bajada hasta cerca del suelo. Tuvimos que agacharnos para poder pasar por debajo de ella. Más allá había un grupo de personas alrededor de un féretro colocado en una especie de catafalco, a unos tres o cuatro palmos del suelo. Las antorchas de las paredes me permitieron ver que el grupo estaba formado por el presidente Duvalier, seis Tontons Macoute y varios hombres y mujeres de color, a cuyos pies esperaban unos tam-tam. Duvalier entreabrió los labios en un simulacro de sonrisa y esperó a que llegáramos a su lado.

–Bienvenido, Barón Samedi –saludó–. Espero que el ritual no falle esta noche… ¿Quién es ese jovencito a quien no conozco?

–Es John, mi ayudante –repuso tío Philip.

–Creía que iba a venir con su hijo Alfred…, esperaba verlo también aquí… ¿Ya no se fía de él?

–Está enfermo, tiene fiebre; la lluvia de anoche le hizo pillar un resfriado –le explicó mi tío con aplomo.

–¿Y este jovencito sabe lo que tiene que hacer? Se trata de una ceremonia muy seria para un novato –insistió Duvalier–. No lo he visto nunca antes de ahora. Soy el presidente, conozco la plantación de los Walcott y debería saber quiénes viven en la casa.

Uno de los Tontons Macoute, a quien me pareció identificar como el que me había interrogado en el coche cuando Alain y yo nos dirigíamos hacia la plantación, se aproximó a Duvalier y murmuró unas palabras a su oído. El presidente asintió, sonrió más abiertamente y me miró con fijeza.

–De modo que eres sobrino del Barón Samedi, ¿eh? Hasta ayer tenía una buena opinión del señor Walcott y espero seguir teniéndola después de esta noche –me dijo, como si el éxito o el fracaso del ritual dependiera de mí.

Tío Philip permanecía inmóvil. La sonrisa y las palabras de Duvalier eran todo menos tranquilizadoras. Si en ese momento alguien me hubiera pedido una definición de la crueldad, le habría mostrado sin dudarlo una fotografía de aquel hombre.

–Cuando quiera, Barón Samedi –añadió Duvalier dirigiéndose a mi tío.

A una señal de este, cuatro de los negros se hicieron cargo de los tam-tam y empezaron a dar vueltas alrededor del féretro cerrado. No conté cuántas, pero tuve la impresión de que fueron muchas. Luego se apartaron dejando de nuevo solo el ataúd. Entonces tío Philip se aproximó a él, tras indicarme con un gesto que le siguiera, y se quedó mirando fijamente la caja oblonga. Sus labios se movían casi imperceptiblemente, como si musitara un rezo, y no apartaba la mirada del féretro.

«Que no lo abra –rogué en mi interior–. ¡Que no lo abra, por favor, Dios mío!».

Me invadió un pánico repentino ante la idea de que el cadáver quedara a la vista de todos, pero mi ruego no fue atendido: tío Philip se inclinó hacia el féretro y, sin dejar de mover los labios, colocó las manos a ambos lados de la tapa, tiró de ella y fue desprendiéndola hasta dejarla en el suelo. En ese instante cerré los ojos, aunque los abrí enseguida, temeroso de que mi falta de atención me impidiera intervenir cuando mi tío lo requiriera.

El muerto tenía el aspecto de haber sido un individuo brutal. La muerte no había conseguido borrar su expresión de crueldad, y tendido en el ataúd parecía tan corpulento como los Tontons Macoute. Sus manos, cruzadas sobre el estómago, parecían más hinchadas que gruesas. Lo habían vestido con un traje negro y una camisa blanca abrochada hasta el cuello. Tanto uno como otra ostentaban manchas de sangre seca provenientes de la ceremonia anterior, y daba la penosa impresión de que la camisa estaba tan ajustada que el fallecido no habría podido respirar en el caso de estar vivo. No pude apartar la mirada de él: su piel oscura mostraba manchas azuladas en algunas partes. Empecé a experimentar una aguda sensación de frío, mas no un frío natural, sino el característico de los lugares subterráneos, que se filtra hasta los huesos.

Lo que siguió fue parecido a lo que había visto en la plantación, si bien con añadidos. Tío Philip me pidió que le entregara el cráneo y lo saqué de la bolsa, confiando en que nadie se apercibiera del temblor de mis manos. Al tacto, la calavera hacía pensar en una reseca pieza de barro cocido. Pero no se hizo cargo de ella inmediatamente; antes de ello dio siete vueltas en torno al ataúd pronunciando unas frases. Cuando acabó, extendió las manos para retirar el cráneo de las mías, y comprendí por su mirada que había llegado el momento de pronunciar la primera de las siete palabras.

–*N'gami* –dije.

El sonido de los tam-tam producía un efecto casi hipnótico. Duvalier nos observaba con una mirada a un tiempo expectante y cruel, similar a la que debió de tener en vida el muerto. La de los Tontons era impenetrable detrás de las gafas oscuras, y el resto de los presentes mostraban una concentración próxima al estado de trance.

Tío Philip introdujo el cráneo en el féretro. Su gesto hizo que dos hombres y dos mujeres se acercaran también a él para recitar unas frases de sonido arcaico, a las cuales se unió mi tío hasta que volvió a exigirme con la mirada que interviniera.

–*Alahmar* –mi voz me sonó extraña.

Oí detrás de mí el cacareo de un gallo y entrecerré los ojos porque sabía lo que iba a suceder. El agitado batir de unas alas indicó que le habían cortado la cabeza. Tragué saliva para contener una náusea, pero no pude evitar tener que ver cómo una mujer le entregaba a mi tío un vaso de barro con la sangre caliente del animal, la cual fue a parar encima del cadáver, donde se mezcló con la seca. La frase que pronunció mi tío exigía una contestación:

–*Toussaguin*.

¡Y todavía faltaban cuatro para que la ceremonia quedara completa! Dudé de si podría resistirla hasta el final sin desfallecer. Tío Philip mojó las yemas de los dedos de su mano izquierda en la sangre y trazó un movimiento en el aire a la altura del corazón del muerto, mientras repetía unas palabras. Esas repeticiones me desconcertaron un poco y no supe si debía intervenir o no, pero mi tío me lo hizo entender dedicándome una mirada furiosa.

–*Abdel'hacam*.

Como si aquella extraña palabra hubiera sido una orden para él, mi tío dio otras siete vueltas alrededor del ataúd. Pese a mi estado de ánimo reconocí que el leve vuelo de su túnica blanca tenía algo de mágico y fascinante en el liento subterráneo, entre el parpadeo de las antorchas, y yo no debía de ser el único atraído por ese movimiento, pues

Duvalier, los Tontons Macoute y los demás del grupo también lo observaban con atención. El muerto seguía inmóvil dentro del cajón de madera. De repente, me pareció estar viviendo una farsa sin sentido. ¿Cómo todas aquellas gentes podían creer seriamente que esa ceremonia podría devolver la vida a un cadáver? Y sin embargo, los zombis existían. Mi propia tía era uno de ellos.

Estaba pensando en eso cuando me di cuenta de que tío Philip me miraba. Debía de ser el momento de pronunciar la quinta palabra del ritual, pero mi mente parecía haberse bloqueado y el sonido de los tam-tam ayudaba poco a que pudiera concentrarme. ¿Cuál era la maldita palabra? Mi tío había entornado los ojos hasta convertirlos casi en una rendija y volvió a abrirlos. Leí en ellos temor y odio.

–*Maberfer* –grité.

Duvalier debió de apercibirse de mi confusión, porque estaba muy serio y no apartaba su mirada de mí. Un Tonton Macoute murmuró algo a su oído y vi cómo asentía. Todavía sonaba el eco de mi palabra cuando tío Philip me pidió que le pasara un velo negro que había dentro de la bolsa. Al cogerla, me apretó la mano hasta hacerme daño y musitó: «No vuelvas a titubear». Mis dudas con respecto a lo que se disponía a hacer con el velo se desvanecieron al ver que lo utilizaba para cubrir el rostro del cadáver mientras murmuraba una especie de rezo, a cuya conclusión dije:

–*Sougani.*

Solo faltaba una palabra, y, por lo tanto, un acto del ritual, y la vida seguía ausente dentro del féretro. No solo eso, sino que el hecho de ver el rostro del cadáver cubierto con el velo negro hacía más intensa e irrevocable la idea de la muerte; aquel velo era como una frontera que separaba al muerto de los vivos o como una advertencia de que su rostro debía permanecer oculto. Todos se arrodillaron, incluido Duvalier, en el momento en que, a exigencia de mi tío, le entregué un pedazo de madera oscura y un frasco que contenía un líquido incoloro. Tío Philip vertió unas gotas en la madera, me pidió que le diera una caja de fósforos, que por supuesto estaba también en la bolsa, y le aplicó uno de ellos. Un olor dulzón impregnó inmediatamente el aire y de la madera surgió un hilo de humo. Con lentos y ceremoniosos movimientos de la mano, mi tío hizo pasear el humo por el interior del ataúd y pronunció unas palabras, al término de las cuales se volvió a mirarme. Supe lo que pretendía de mí.

–*Membene.*

¿Sería la palabra definitiva para concluir la ceremonia? A continuación, se arrodilló ante el féretro y me indicó que debía hacer lo mismo. No sé si sería a causa del humo de las antorchas o del que surgía de la madera quemada, pero el picor de mi nariz se había hecho más intenso en los últimos minutos y no pude reprimir un estornudo, cuyo eco se propagó por la sala. Todos me miraron con algo más que reproche, diría que con odio, y durante unos segundos me convertí en el indeseado punto de atención de los asistentes al ritual hasta que sus miradas volvieron a concentrarse en la caja oblonga. Mi tío y yo nos incorporamos.

Debajo del velo negro no se percibía ningún movimiento.

A una señal de mi tío, todos se levantaron para desfilar de uno en uno ante el féretro y depositar un beso en la tela que ocultaba el rostro del muerto. Yo pensaba que aquello no tenía nada que ver conmigo y que mi tarea ya había terminado, pero me equivocaba, pues cuando acabaron de pasar, tío Philip hizo un gesto indicándome que debía hacer lo mismo. ¡Yo, que ni siquiera había visto a mis padres después de muertos! Lo miré, suplicante, pero no dio señales de haber entendido mi muda petición. Al aproximarme al ataúd, las piernas me temblaban.

Mientras me inclinaba hacia el cadáver, no dejé de mirar el velo negro. ¿Y si aquel hombre volviera a la vida en el momento en que lo estaba besando? ¿Y si notaba en mi rostro su pútrido aliento..., si lo tenía? No lo besaría..., simularía hacerlo.

Mis labios estaban ya a un palmo del cadáver y sentí frío aunque noté que estaba sudando. No hacía falta que me volviera hacia atrás para saber que todos se hallaban pendientes de mí. ¿Haría fracasar el ritual si no llegaba a besarlo? ¿Sería posible que con esa ceremonia se pudiera volver a la vida a un muerto?

En cuanto mis labios rozaron el velo negro, me aparté como si se hubieran posado sobre fuego o temiera recibir la picadura de un escorpión. Los tam-tam siguieron sonando durante al menos un par de minutos, hasta que al final enmudecieron. Mi tío se había acercado al ataúd, e ignoro si se debería a un efecto óptico causado por la túnica blanca, pero me pareció que estaba lívido. Todos los asistentes estaban de pie, contemplando sin pestañear la escena. Hasta Duvalier parecía haberse olvidado de mi presencia.

Nada denotaba que hubiera el menor signo de vida dentro del féretro.

Tío Philip hizo varias genuflexiones seguidas. Su rostro era cada vez más blanquecino. Se había creado tanto silencio que podía oírse el crepitar de las antorchas, y se prolongó durante un rato hasta hacerse insostenible.

–Barón Samedi, no quiero pensar en lo que dirá mi amada esposa cuando se entere de su nuevo fracaso –la voz de Duvalier fue la primera en romper el silencio; a ella siguió un prolongado murmullo.

–Walcott no merece llevar el nombre de Barón Samedi –dijo alguien.

–Escuchad –repuso mi tío alzando la voz–. En ocasiones no acontece de inmediato..., es necesario esperar un poco.

–En este lugar hace mucho frío, Walcott –dijo Duvalier–. No podemos estar más de cinco minutos, ese es el tiempo del que dispones.

Tío Philip se situó ante el ataúd y, extendiendo sus manos sobre el muerto, las movió recitando algo que hacía pensar en un conjuro. Debía de ser un procedimiento infrecuente y peligroso, porque varios de los presentes se volvieron a mirar a su alrededor, e incluso otros lo hicieron hacia la bóveda, como si esperaran la materialización de algún espíritu. También Duvalier observaba a mi tío con renovado interés; su frente se había fruncido hasta formar un mapa de arrugas.

El cadáver permanecía inmóvil en el féretro.

–Los ojos son para ver, los oídos para escuchar y la mente para entender, Walcott –dijo Duvalier–. Está claro que el gran espíritu de la muerte no te ha escuchado... ¿Y qué quieres que haga el presidente? –hablaba como si se estuviera refiriendo a otro–. Si el presidente debe castigar con severidad a quienes infunden vanas esperanzas al pueblo, ¿qué no ha de hacer cuando el engañado es él?

–Presidente, yo no... –balbució mi tío.

–Tal vez sea culpa de tu ayudante...; es demasiado jovencito, no es uno de los nuestros –siguió hablando Duvalier, mirándome con una frialdad que provocaba escalofríos–. Ahora tendrás que darme tiempo para pensar qué voy a hacer contigo. Hará falta buscar un nuevo Barón Samedi..., mi país no se puede permitir el lujo de un incompetente. Debería hacerte inhalar polvo zombi.

Tío Philip inclinó servilmente la cabeza.

–Estoy a vuestras órdenes –dijo.

–Había pensado que te quedaras entretanto con nosotros y que fueses tú quien le diera a mi esposa la noticia de que su hermano seguirá muerto por tu culpa, pero será mejor que ahora regreses a tu casa... No te alegres, eso no quiere decir nada. Tendrás noticias mías..., no sé cuándo, no sé si mañana, pasado mañana o esta misma noche, ni tampoco sé si mis hombres irán a buscarte de día o de noche... Por el momento no es un mal castigo, porque no podrás vivir tranquilo hasta que eso suceda. Ya tengo una idea de lo que quiero hacer, pero prefiero que lo desconozcas hasta que te lo haga saber. Y te recomiendo que no intentes escapar, mis hombres están al tanto de cada paso que se da en mi país.

–No pretendo huir –repuso mi tío en un rasgo de dignidad.

–Será mejor que no lo hagas.

Tío Philip vino hacia mí para decirme que recogiera el instrumental con el fin de abandonar el palacio.

–Yo no he dicho nada de tu ayudante, Walcott –intervino Duvalier–. Si no recuerdo mal, y tengo buena memoria, he dicho que tú puedes regresar a tu casa, no el jovencito; él se quedará con nosotros hasta que recibas mis noticias. El ritual ha fallado y no le vendrá mal pasar la noche en compañía de un muerto.

–¡No, tío Philip, llévame contigo! –protesté.

En vano busqué a mi alrededor a alguien que intercediera por mi suerte, y ni siquiera encontré una mirada de ánimo: todos mantenían una expresión inalterable.

–Debes hacer lo que dice el presidente –repuso mi tío.

Era evidente que el hecho de poder marcharse del palacio reconfortaba a tío Philip, por más que le esperara un futuro incierto, y también estaba claro que no le importaba dejarme allí como rehén. En cuanto me pidió eso, dejó de mirarme y se encaminó hacia la verja que dividía el subterráneo en dos mitades. No le dije nada más porque sabía que sería inútil, y comprendí que si antes no podía esperar nada de mi tío, en lo sucesivo aún debería esperar menos de él, pues esa noche ya me había dado prueba de su desapego hacia mí en dos ocasiones.

Cogido por los brazos por dos Tontons Macoute, vi cómo los demás iban saliendo detrás de mi tío, incluido Duvalier. Y nadie se dignó en volverse a mirarme. Los últimos en marcharse se llevaron con ellos las antorchas. Los dos hombres apretaban con fuerza mis brazos y no aliviaron su presión hasta que nos quedamos solos en el subterráneo, pero eso no me tranquilizó porque pensé que tal vez se proponían matarme, como primera respuesta al fracaso de la ceremonia de resurrección. Cuando el lugar quedó en silencio, uno de los Tontons Macoute me soltó para ir a ajustar de nuevo la tapa del ataúd, provocando unos chirridos de la madera que se propagaron por todo el subterráneo. Después, entre ambos me llevaron hasta la verja, donde me obligaron a quedarme a un lado mientras ellos, al otro, la bajaron hasta hacerla chocar contra el suelo. Luego, ajustaron las puntas de hierro en unos agujeros y la cerraron con llave. De ese modo me quedé aislado bajo tierra, con la única compañía del féretro.

–No te vendrá mal pasar la noche con el cadáver, chico –me dijo uno–. Será una buena experiencia, teniendo en cuenta que el frío te va a impedir dormir. Y da gracias a que el presidente no te ha hecho frotar el rostro con el polvo zombi.

–No debo quedarme aquí, estoy enfermo..., tengo un fuerte resfriado y puedo pillar una pulmonía –alegué, consciente de que decir eso era tanto como permanecer callado.

–Si quieres estar más caliente, te sugiero que abras el ataúd y te acuestes al lado del muerto –dijo el otro.

–A propósito de eso, ¿sabes lo que le espera a tu tío? –volvió a hablar el primero–. Duvalier ha decidido enterrarlo vivo con su cuñado; compartirá su tumba hasta que muera de asfixia y angustia. Lo sé porque el presidente me lo ha dicho antes de marcharse. Pero yo en tu lugar no me preocuparía por eso, ya has visto que no le importas nada a tu tío.

Acompañó sus palabras con una risotada, la cual siguió sonando en mis oídos mientras se alejaban diciendo burlonamente: «Tío Philip..., tío Philip...». Finalmente percibí el sonido de la cerradura de la puerta del subterráneo. Al quedarme solo pensé que habría sido preferible seguir oyendo sus burlas antes que el silencio, cuyo peso se hizo notar enseguida sobre mi estado de ánimo. Y no solo el silencio, también la oscuridad era total. La situación me parecía tan injusta e irreal que tardé en admitir que era irreversible. Estaba a solas con un cadáver en un sótano y debería pasar la noche allí..., la noche o lo que fuera hasta que decidieran venir a por mí. Y estaba la amenaza del polvo zombi...

Me dejé resbalar por la pared hasta quedarme sentado en el suelo, y subí las piernas hasta tocar mi rostro con las rodillas. Al estar a solas y sin luz, el frío parecía hacerse notar todavía más, y ello sin pensar en el cadáver, cuya proximidad me producía un gran desasosiego. Miré con temor el catafalco sobre el cual reposaba el féretro, una mancha más oscura en la negrura del subterráneo, y, sin pretenderlo, me vinieron a la mente historias que había oído contar acerca de personas que alguna vez pernoctaron en cementerios, ya fuese por necesidad o por apuesta. Aquello no era un cementerio, pero se asemejaba a una cripta: me hallaba encerrado en el subsuelo y tenía cerca de mí un ataúd que contenía un cadáver.

Todavía era peor lo que le esperaba a tío Philip si Duvalier hacía efectiva su amenaza: tendría que yacer en una tumba junto a un muerto hasta que él mismo perdiera la vida. Aunque su actitud conmigo había sido indigna, el castigo me parecía horroroso, y me dije que si conseguía salir de allí, iría a advertirle inmediatamente de lo que se proponía Duvalier, para que huyera. Pero ¿cómo evadirme de aquel subterráneo aislado con una verja cerrada? ¿No sería más fácil que muriera yo antes que mi tío? Y aun admitiendo que lo lograra, ¿sería capaz mi tío de abandonar a su esposa en el estado en que se hallaba, y con ella, a sus hijos?

Miré la oscura masa del catafalco bajo el cual estaba el ataúd con los restos del hombre cuya muerte figuraba en el origen de todo. Si era cierto que tío Philip era experto en la reanimación de los muertos, ¿por qué había fallado con él? ¿Habríamos cometido una equivocación durante el ritual? Por lo que se refería a mí, sabía que había cumplido bien con mi tarea de pronunciar correctamente y por orden las siete palabras. Al pensar en la proximidad del muerto, recordé que su rostro de expresión brutal debía de seguir oculto tras el velo negro, pues nadie se había ocupado de quitarlo de allí.

Un cadáver con rostro negro.

Fue un pensamiento inoportuno porque aquel rostro oculto me inspiraba todavía más aprensión que si hubiese quedado al descubierto, y me alegré de que hubieran dejado tapado el féretro, ya que probablemente me habría sentido tentado de acercarme a verlo.

Las paredes desnudas alimentaban mi creencia de estar encerrado dentro de un panteón. ¡Ningún adorno en el reino de los muertos! Con el paso del tiempo aumentaba mi sensación de frío, y me acurruqué aún más, tratando de moverme lo menos posible con el fin de preservar el calor corporal. De esa forma entré en un estado de duermevela, del que me arrancó un ruido inidentificable.

Algo se había movido en el subterráneo.

Creyendo que lo habían producido las ratas, cerré de nuevo los ojos, pero volví a abrirlos al percibir otro ruido. No advertí movimiento alguno por el suelo y, sin embargo, estaba seguro de haberlo oído. Haciendo frente al frío, me incorporé para escrutar detenidamente la oscuridad que me envolvía. En las paredes no había ningún hueco que pudiera servir como escondite a alguien. La idea del peligro puso en alerta mis sentidos y permanecí atento, atento a mi propia respiración. El ruido no parecía producido por las ratas, sino por un golpe dado contra un objeto duro. Pero allí no había nada más que la verja de hierro que me separaba del mundo exterior, y al otro lado de ella no había nada ni nadie. Ni siquiera ratas. Y en mi lado solo estaba yo.

«Está también el féretro», susurró una voz en mi interior.

El ruido no podía provenir de allí, ya que la caja oblonga solo contenía un cadáver.

En ese instante volví a percibir el ruido, ahora con más claridad, y esta vez me di cuenta de que procedía de la parte del subterráneo donde me hallaba encerrado. Y si no se trataba de ratas, solo podía provenir del ataúd. Como no quería que mis nervios se alteraran más de lo que estaban, me aproximé al féretro tratando de tranquilizarme diciéndome a mí mismo que no podía ser.

Un nuevo ruido rompió el silencio, y al encontrarme tan cerca del féretro descubrí sin posibilidad de dudas que había sonado en su interior. Aquello aceleró los latidos de mi corazón. Era imposible que el ruido surgiera de allí, porque, me dije y me repetí en voz baja una y otra vez, dentro no había más que un hombre muerto. Y un cadáver no puede hacer ruidos. Además, el ritual de la resurrección había fallado.

Por si hiciera falta algo más para convencerme, el ruido se repitió, pero en esta ocasión fue más prolongado y un brusco movimiento empezó a sacudir el ataúd, que vibró encima del catafalco produciendo unos sonidos secos y siniestros. Retrocedí hasta que mi espalda chocó contra la pared, sin apartar la mirada de la caja oblonga. Mis ojos se habían acostumbrado un poco a la oscuridad, lo suficiente para permitirme ver mejor el ataúd, de cuyo interior seguían surgiendo los ruidos. El chirrido que producía la madera al resbalar sobre la piedra del catafalco resultaba tan inquietante como los propios ruidos. Entonces recordé que tenía en el bolsillo la caja de fósforos utilizada por tío Philip durante la ceremonia, y gracias a ello pude iluminar aquella parte del subterráneo.

Mi nerviosismo me hizo gastar dos fósforos y quemarme dos veces en la yema de los dedos antes de obtener una llama. A unos pasos de donde me hallaba estaba el féretro en lo alto del catafalco. Unas sacudidas lo hacían moverse ininterrumpidamente, cada vez con mayor brusquedad, hasta que en una de ellas cayó al suelo despertando un fuerte estrépito.

El fósforo se consumió entre mis dedos provocándome otra quemadura, y no esperé ni dos segundos para encender otro. Entretanto, el ataúd seguía moviéndose en el suelo. El individuo al que había visto muerto dentro de él estaba tratando de desprender la tapa, lo cual solo podía significar que el ritual de la resurrección no había resultado un fracaso.

Yo era incapaz de moverme y no podía dejar de mirar fijamente el féretro. Cuando la tapa cedió, coincidiendo con el agotamiento del fósforo, volví la mirada hacia el otro lado de la verja en busca de ayuda, pero no vi más que negrura. Durante los segundos que me llevó prender otro fósforo sin hacer caso a mis yemas chamuscadas, el muerto había sacado los brazos fuera y apoyaba sus manos en el suelo. La luz del fósforo, aunque débil, bastó para hacerme ver su rostro cubierto con el velo negro. Luego, ante mi horror, se desprendió de él y se fue incorporando lentamente. Debía de medir seis pies de altura, si no más, y su corpulencia y su mirada perdida lo hacían parecer aún más terrible.

Supongo que debió de ser la llamita del fósforo lo que llamó su atención, porque empezó a avanzar hacia donde yo estaba, y aunque sus pasos eran torpes, no daba muestras de vacilar. Reparé en que el velo se había quedado adherido a sus zapatos. Aterrado, apagué el fósforo y fui retrocediendo por la pared, camino de la verja.

El hecho indiscutible de que un cadáver estuviera dirigiéndose hacia mí en un solitario subterráneo, y además a oscuras y con un velo negro en uno de sus zapatos, era todavía más terrible de lo que pudiera haber imaginado. Por suerte, el muerto andaba despacio, igual que los zombis que había visto hasta entonces, y eso me permitía interponer distancia entre él y yo. No obstante, aquel suceso milagroso me fascinaba y me sentía tentado de rascar otro fósforo para mirar ese rostro, antes muerto y cubierto, ahora vivo y sin velo. Pero no lo hice.

Un débil y lejano resplandor rasgó repentinamente la oscuridad al otro lado de la verja, y oí unas pisadas y voces. Me volví a mirar hacia allí con la esperanza de ser liberado. Quizá, me dije, Duvalier había dejado a alguien vigilando la puerta del subterráneo y este debía de haber oído el estrépito producido por el féretro al caer del catafalco. Era mi única posibilidad de salir de allí. El haz de una linterna traspasó las verjas y fue a parar al rostro del resucitado, quien no parpadeó al recibir el impacto de la luz.

–¡Está vivo! –oí decir a un hombre.

–Hay que avisar inmediatamente a Duvalier –dijo otro.

–¿Y el chico ese? Deberíamos subir la verja...

–Ni se te ocurra. Déjalo ahí hasta que venga el presidente... Imagina que subimos la verja y el otro viene hacia aquí y le sucede algo... No, espera, yo me encargo de avisarle.

Eran dos individuos vestidos de uniforme y armados. Yo había sacado las manos fuera de la verja reclamando su atención y les pedí que me sacaran de allí, pero no me hicieron el menor caso. Uno de ellos echó a correr hacia la escalera y el otro se quedó ante la verja enfocándonos con su linterna. Unos pasos próximos me advirtieron de que el zombi estaba cerca de mí, y, sin dudarlo, me aparté para dirigirme hacia la otra pared.

–Yo no puedo hacer nada..., pero no te preocupes, chico, al principio son un poco más torpes..., les cuesta desplazarse de un lugar a otro y les puedes sacar ventaja. Será más terrible a partir del segundo día –dijo el hombre, con tono burlón.

Como si se hubiera propuesto inquietarme, se alejó del portón de verjas hasta situarse al lado del recodo desde donde se accedía al nacimiento de la escalera, dejándome solo con el zombi, quien, entretanto, se había agarrado a unos barrotes y tiraba de ellos con violencia. Debía de querer salir de allí y le enfurecía no poder hacerlo, por lo que arremetió con su cuerpo contra las verjas; lo hizo con tal violencia que vi cómo se desprendían del techo unos hilos de tierra.

Un inoportuno estornudo mío le incitó a cambiar el objeto de su atención. Se dio la vuelta lentamente y, tras vacilar unos segundos, echó a andar hacia mí. La penumbra no me impidió ver sus grandes ojos negros muy abiertos, ni cómo movía su boca en actitud de querer hablar; hasta creí percibir unos sonidos guturales. Menos mal que no podía caminar más deprisa, y todo el trecho que avanzaba en mi dirección lo ganaba yo retrocediendo siempre, de tal modo que nos separaba la misma distancia. En una de esas ocasiones, el velo quedó en el suelo.

Para entonces ya no pensaba en el frío; más aún, la adrenalina disparada por mi organismo me hacía sentir calor. Cuando pasé junto al féretro vacío sentí un estremecimiento al ver el hueco dejado por el cuerpo, y algo más allá vi el velo negro. El hombre armado contemplaba la escena de pie desde el lugar que había elegido para observarnos, sin dar muestras de tener la intención de intervenir, y me pareció advertir que sonreía.

Aquel demencial juego de avance y retroceso duró varios minutos, y cada vez que yo pasaba junto a la verja volvía a gritar en vano que me sacaran de allí. ¿Cuánto tardaría en llegar Duvalier?, me pregunté. ¿Qué se propondría hacer conmigo cuando descubriera que su cuñado estaba vivo?

La respuesta a la primera pregunta no se hizo esperar mucho. Unas voces y unas pisadas fueron el anticipo de la aparición de Duvalier, quien llegó en compañía de dos Tontons Macoute con sus sempiternas gafas oscuras. La noticia de la resurrección debía de haberle sorprendido en la cama, porque el pantalón del pijama asomaba bajo los bordes de la bata dorada que vestía. El hombre armado se unió a ellos camino de la verja.

–Pierre…, Pierre… –dijo Duvalier.

El zombi se detuvo y miró sin expresión a los recién llegados. ¿Quedaría en él algo que le hacía reconocer su nombre? Había tanto vacío dibujado en su rostro que me asusté y retrocedí hasta la pared del fondo, desde donde traté de llamar la atención.

–Por favor, abran la verja para que pueda salir –dije.

Había pretendido gritar, pero de mi garganta solo brotaron unos sonidos apenas audibles. Sin embargo, el zombi debió de percibirlos mejor, porque se volvió y profirió un gruñido de enojo.

–Ayúdenme..., por favor... –logré añadir.

El zombi que en vida llevó el nombre de Pierre volvió a dirigirse hacia mí, y aunque caminaba con la misma lentitud que antes, extendió los brazos en actitud de querer apresarme. Tardé en reaccionar. Tenía la sensación de que las piernas me pesaban como si fueran de plomo y de que algo me impedía andar, mas lo conseguí cuando el zombi estaba a unos pasos de mí.

En ese momento, un ruido metálico indicó que habían introducido la llave en la cerradura de la verja, y enseguida vi cómo esta se elevaba poco a poco hasta que las dos zonas del subterráneo se convirtieron en una sola.

–Ven conmigo, Pierre, te estábamos esperando –dijo Duvalier.

Capítulo séptimo

El final de tía Marge

NADIE hizo caso de mi presencia hasta que el grupo, con Duvalier al frente, abandonó el subterráneo en compañía del zombi, que caminaba con rigidez de autómata en medio de los Tontons Macoute. Solo el hombre armado que se había mostrado burlón conmigo se dignó dirigirme unas palabras antes de marcharse:

–Te quedarás aquí hasta que el presidente haya decidido qué va a hacer contigo.

La única cosa que pude agradecerles fue que al menos no volvieran a bajar la verja, por lo que pude disponer de más espacio para moverme. En cuanto salieron volví a quedarme a oscuras, pero me había fijado en dónde estaban los interruptores de la luz y lo primero que hice al quedarme solo fue correr a pulsarlos. El subterráneo, completamente iluminado, se me mostró así en toda su fealdad y me pareció todavía más grande.

El féretro vacío y el velo negro seguían produciéndome repulsión. Ambos objetos habían quedado en el suelo como único rastro de lo sucedido, y yo tenía tantas ganas de olvidar la terrible escena que me desplacé al otro lado del sótano, donde encontré una especie de altar y unos viejos arcones de gran tamaño. Aunque sentía curiosidad por ver su contenido, no los abrí, dando por supuesto que se trataría de objetos para ser utilizados en otras ceremonias vudú: no quería saber nada de cuanto estuviera relacionado con el tema, solo deseaba salir de allí. El frío y la humedad eran tan intensos que no conseguí entrar en calor a pesar de que estaba caminando, y por ello opté finalmente por subir a acurrucarme en el primer peldaño del nacimiento de la escalera, junto a la puerta que comunicaba con el vestíbulo del palacio. De buena gana me habría despojado de la túnica negra, porque me recordaba el ritual de la resurrección, pero tenía tanto frío que decidí que sería mejor no hacerlo, e incluso me arrebujé en ella con el propósito de entrar en calor.

No sentía el menor cariño por la casa de los Walcott, pero en ese momento habría dado cualquier cosa por encontrarme en mi dormitorio. Los recientes sucesos me habían marcado de tal manera que pesaban sobre mi estado de ánimo como si no hubieran acontecido en una sola noche, sino a lo largo de todo un año. ¿Qué haría Duvalier ahora que su cuñado se había convertido en un zombi? ¿No era eso lo que deseaba? En consecuencia..., ¿me dejaría en libertad? ¿Le perdonaría la vida a tío Philip?

Me adormecí mientras buscaba respuesta a esas preguntas, y no sé cuánto tiempo permanecí así hasta que desperté a causa del golpe que me asestó la puerta al ser abierta. Estaba tan helado que ni siquiera sentí dolor. Otro hombre armado surgió ante mí para decirme:

–El presidente ha dicho que puedes marcharte.

Aquellas palabras sonaron en mis oídos como la más bella de las músicas y, frotándome enérgicamente los brazos por encima de la túnica para hacerlos entrar en calor, lo seguí a través del vestíbulo hasta que, sin decir nada más, me hizo salir del palacio empujándome con el cañón de su metralleta. Esta vez no me fijé en los cuadros, en los muebles y en los tapices; solo pensaba en verme fuera y no tenía ojos para nada que no fuese la puerta de salida. Pero cuando ya estaba lejos de los individuos armados que vigilaban el palacio, advertí que no se veía a nadie por la avenida de palmeras, lo cual significaba que debía de ser tarde, y me di cuenta de que no sabía cómo ir a la casa de los Walcott. Si hubiera visto un taxi, lo habría tomado para que me llevara allí, suponiendo que el taxista aceptara esperar para cobrar, pero no había ninguno.

La oscuridad de la noche caía pesadamente sobre la desierta avenida y me alejé a buen paso de aquel lugar sin dedicarle ni una mirada. El aire estaba tan quieto que las hojas de las palmeras permanecían inmóviles. Al salir de la avenida supe, gracias al reloj de un edificio, que eran las cinco y cuarto de la mañana. Tampoco fuera de ella vi a nadie por la calle, y deduje que podía deberse a que la población rehuía la zona donde estaba enclavado el palacio de Duvalier, pues al poco rato de haberme alejado de sus alrededores empecé a ver gente. No había tantas personas como sin duda debía de haber durante el día, pero bastaron para que me sintiera menos solo.

Enseguida me di cuenta de mi error: la presencia de un adolescente blanco por las calles, y además vestido con una ceremonial túnica negra, llamaba la atención a esas horas. Tanto los hombres solos –que eran pocos– como los que iban en grupo –la mayoría– se detenían a mirarme y sonreían cuchicheando, señalándome con el dedo y preguntándome si iba a asistir a una ceremonia vudú. Desde la puerta de un bar anunciado con tubos de neón de llamativo colorido, una mulata me preguntó si buscaba compañía, pero no le contesté y seguí andando mientras oía una carcajada detrás de mí. La única cosa que me apetecía era combatir el frío echando al cuerpo un buen tazón de café con leche caliente, mas no llevaba encima ni una moneda.

La situación se complicó cuando, caminando sin rumbo, fui a parar a un dédalo de callejas en las que había bastantes bares con luces de neón tan chillones como el que había visto poco antes, y todas las personas con quienes me tropezaba me decían alguna cosa, incluso en un idioma que no comprendía. Para colmo, había un olor nauseabundo, como una mezcla de pescado podrido, vómitos alcohólicos y aceite refrito. Eso hizo que comenzara a sentirme cada vez más incómodo. Se me había ocurrido esperar al amanecer para acudir a la policía o para buscar un taxi, exponerle al taxista mi problema y pedirle que me llevara a la casa de los Walcott, pero dudaba que pudiera aguantar hasta entonces. No podía seguir vagabundeando mucho más, ni entrar en uno de los bares para mendigar un café con leche, y si recurría a la policía, sería fácil que mi actitud les resultara sospechosa y me llevaran otra vez al palacio de Duvalier. A pesar del calor de la noche seguía teniendo frío, me ardía la frente y temía que la fiebre no hiciera más que ir en aumento.

Entonces me acordé de Benjamin Perkins. Todavía llevaba en el bolsillo del pantalón el papel donde me había apuntado su dirección y su número de teléfono. Era la única persona a la que podía recurrir en busca de ayuda. Como no podía telefonearle, decidí ir a su casa, pero ignoraba dónde estaba la calle, y por ello me acerqué a una mujer que se hallaba de pie ante la puerta de un bar, fumando y jugueteando con las cortinillas.

–¿Buscas algo, chico? –preguntó sin sonreír y arrojándome al rostro una bocanada de humo–. ¿Adónde vas vestido con esa túnica? No tienes buen aspecto…

–Discúlpeme, sí, estoy buscando una calle y creo que me he extraviado… –repuse; y leí la dirección apuntada en el papel.

–No se puede decir que vayas en línea recta, chico…; este no es un barrio muy recomendable… ¿Para qué quieres ir allí?

–Voy a ver a unos amigos.

–¿A esta hora? –suspiró, encogiéndose de hombros–. Tú sabrás lo que haces… Tus amigos son blancos, ¿no? Por aquí no verás muchos…, estás en el lugar equivocado, yo de ti me largaría cuanto antes de estas calles.

–¿Algún problema, Marie? –preguntó un mulato tuerto asomándose por las cortinillas.

–Que yo sepa, no te he llamado; vuelve adentro –respondió la mujer.

A continuación me explicó cómo llegar a la calle que estaba buscando. Sus indicaciones me resultaron complicadas, pero no me atreví a pedirle que las repitiera, y cuando le di las gracias me recomendó que fuera con cuidado. Le sonreí y me quedé con ganas de solicitarle que me invitara a tomar algo caliente.

La calle donde vivía Ben Perkins estaba lejos y encontrarla me llevó un buen rato, más todavía en mis condiciones: cada paso que daba hacía vibrar algo dentro de mí. Salí del laberinto de callejas, donde la última cosa que oí fue un disparo, e intenté recordar lo que me había dicho aquella mujer para orientarme. Apenas dejé atrás la tupida red de bares y casuchas se me acercaron dos mendigos para pedirme dinero, y al responderles que no tenía, me siguieron durante varios minutos profiriendo insultos y exigiendo que les diera mi túnica. No debían de decirlo en serio porque, en contra de lo que temía al ver un cuchillo en el cinturón de uno de ellos, no llegaron a agredirme.

Una vez que los mendigos renunciaron a seguirme, dejándome el recuerdo de sus risotadas, atravesé una zona de edificios altos cuyas ventanas estaban sin luz. Cuando, después de haber dado numerosas vueltas esforzándome por entender las indicaciones de la mujer, ya desesperaba de encontrar la calle, di por fin con ella. El alba empezaba a sugerirse en el cielo, pero las calles y plazas seguían desiertas. La casa donde habitaba Ben era de dos plantas y daba la impresión de que todos dormían en su interior. Con desaliento, comprobé que no había en la puerta ningún timbre. En mi estado no podía esperar a que amaneciera, confiando en que alguien entrara o saliera del edificio, y opté por gritar el nombre de Ben.

Como no respondió, volví a gritar su nombre con toda la fuerza de la que fui capaz. Vi encenderse una luz detrás de una de las ventanas de la casa del otro lado de la calle, y un individuo se asomó para exigirme, malhumorado, que no gritara. Lamenté tener que hacerlo, pero llamé una vez más a Ben.

–¡Si no te callas, voy a pegarte un tiro! –amenazó el hombre.

Por fortuna, no tuve que insistir, pues otra luz se encendió por encima de mí y Ben se asomó por la ventana del primer piso.

–Johnny..., ¿qué sucede..., qué haces aquí a estas horas? –me preguntó.

–Por favor, Ben, déjeme entrar, estoy enfermo.

–Espera, bajo ahora mismo –dijo.

Cuando abrió la puerta, mi aspecto debió de inquietarle, porque me hizo entrar inmediatamente mientras preguntaba:

–¿Qué ha pasado? Parece que hayas visto un aparecido, y se advierte en tus ojos que tienes fiebre... ¿Por qué no estás en casa de tu tío?

–Estoy helado, Ben, me encuentro mal...; luego se lo explicaré.

Subí con él a su piso y en cuanto entramos tocó mi frente y mis manos.

–Necesitas un hipotérmico y beber algo caliente. Siéntate donde puedas, voy a la cocina.

Le esperé en una habitación cuyas paredes habían desaparecido detrás de centenares de libros. Yo debía de estar peor de lo que pensaba, pues no sentí el menor interés por curiosearlos. En cualquier otro momento de mi vida habría sido lo primero que hubiera hecho, pero no tenía ánimo ni siquiera para mover la cabeza. Ben no tardó en reaparecer llevando una manta, un tazón de humeante café con leche y una pastilla. Me arrebujó con la manta y me pidió que tragara el medicamento y tomara la bebida todo lo caliente que pudiera.

–Le he añadido un poco de ron, te sentará bien –añadió–. Tendrás que acostarte, es una locura que estés levantado con esa fiebre.

El líquido quemaba la garganta, pero lo bebí con avidez y experimenté un alivio casi inmediato, como si en mis entrañas hubiera un bloque de hielo que se deshiciera a su contacto. Al acabarlo, Ben me hizo ir a otra habitación donde había un lecho abierto y me ordenó que me acostara.

–No sé qué te ha sucedido..., en tu estado deberías estar en la cama desde hace horas –comentó mientras me cubría con una manta–. Vas a sudar, te conviene... Pero

¿qué demonios estás haciendo en Port-au-Prince, tan lejos de la casa de tu tío?

Aunque yo no tenía ganas de hablar, la bebida me había reconfortado un poco y, a pesar del sueño que incitaba a mis párpados a cerrarse, le resumí lo acontecido. Me escuchó atentamente, frunciendo el ceño a medida que yo iba hablando, pero mi explicación fue tan concisa y, me temo, tan confusa, que debió de resultarle difícil seguir el hilo de mis palabras. Cuando concluí asintió y, antes de marcharse y apagar la luz de la habitación, me dijo:

–Más tarde me lo explicarás detalladamente. Espero que te sientas mejor cuando hayas descansado; de lo contrario avisaré a un médico. Llamaré por teléfono a tu tío para advertirle de que estás aquí, si bien no puedo imaginar una conducta más perversa.

–No se moleste, el teléfono de su casa no funciona. ¿Recuerda que se lo comenté? –dije–. Y no creo que le preocupe demasiado saber dónde estoy ni cómo me encuentro.

–Es verdad... ¡Pobre Johnny, en qué manos has ido a caer! Ahora procura dormir.

Pude hacerlo, a pesar de que el día asomaba ya por la ventana, y mi sueño debió de ser agitado a causa de la fiebre y del fuerte impacto emocional que me habían producido los sucesos de la noche, porque cuando abrí los ojos la manta estaba en el suelo. Ben entró al rato de haberme despertado, llevando con él otro tazón de café con leche y un par de panecillos con mermelada.

–Buenos días, Johnny –me saludó, dejando el desayuno en la mesilla–. ¿Has podido dormir bien? Deja que te mire la temperatura.

Me colocó un termómetro en la boca y la lectura del índice del mercurio debió de satisfacerle, pues sonrió.

–Esto está bien, la fiebre ha desaparecido..., eres un chico fuerte. Tómate esto que te he traído, hablaremos luego.

Me sentía con mejor ánimo que por la noche y desayuné con apetito. Poco después volvió a entrar Ben para llevarse el tazón y dejarme un libro.

–Es conveniente que te quedes unas horas más en la cama. Te he traído un libro por si te aburres. Es diferente de Poe..., creo que te gustará.

Era un libro de cuentos de Montague Rhodes James, un escritor de quien había oído hablar, pero al que nunca había leído, y me pareció una compañía inmejorable. Lo dejé encima de la colcha: saberlo allí hizo que me sintiera mejor. Antes de marcharse, Ben me solicitó que volviera a contarle todo y de vez en cuando me interrumpía para pedirme la ampliación de algún detalle.

–Si te sientes con ánimo, esta noche te llevaré a casa de tu tío, aunque, si me permites decirlo, ni él ni tus primos te merecen. Lo quieran o no, eres un Walcott, como ellos, y no alguien a quien pueden manejar a su antojo para encargarle el trabajo sucio. Si hubiera justicia en este país, lo cual es mucho pedir, debería velar por ti.

El día transcurrió con perezosa placidez: leí un par de deliciosos cuentos de fantasmas de James, aterradores e irónicos; conversé con Ben –quien, contra todo pronóstico, preparó una estupenda comida a base de pescado y crema de coco y banana– y dormí a ratos. Y cada vez que me pedía que le ampliara mi relato de lo sucedido, luego daba muestras de enfurecerse más con mi tío.

–Philip Walcott merece un castigo... Se puede esperar cualquier cosa de Duvalier, pero no está bien que un hombre juegue conscientemente con la vida de su sobrino –comentó.

Poco después de que la noche hubiera caído me preguntó si me sentía en condiciones de ir con él a la casa de los Walcott.

–No voy a hacerlo a gusto, créeme, pero no se me ocurre otra cosa; no te puedes quedar indefinidamente conmigo.

–Lo comprendo –musité.

–Soy una persona insolvente, no tengo trabajo y no puedo hacerme cargo de nadie, aunque quisiera –me explicó–. No obstante, hablaré con tu tío..., no estoy dispuesto a tolerar que te trate del modo que lo hace. Y me extraña que tus primos no sean más abiertos y amables contigo.

–Quizá porque no han tenido tiempo para conocerme bien... Es posible que me vean como a un extraño..., no he nacido aquí –sugerí titubeante, como si con ello pretendiera exculparlos.

–¿Qué importa que no hayas nacido en este lugar? ¡El mundo es de todos! –repuso, alterado–. La conducta tribal, excluyente, es uno de los grandes males de la humanidad.

Cuando subimos a su automóvil, yo sabía que se habían acabado mis horas de tranquilidad, que el solo hecho de sentarme a su lado cerraba el breve paréntesis abierto en mi vida al llegar a su casa, y un nudo de angustia me oprimió la garganta y el pecho, que no palió ni siquiera la alegría que sentía porque Ben me había regalado el libro de cuentos de James.

–Léelo despacio, un día lo estudiaremos –me dijo.

Ben condujo con calma, manteniendo la mirada fija en la carretera que se abría ante nosotros, como si tampoco tuviera prisa por llegar a la casa de los Walcott, y apenas habló. Yo, preocupado por regresar a la casa y volver a encontrarme ante mi tío, procuraba no perderme ningún detalle, pese a que era una noche cerrada y el paisaje se hallaba ocluido por la oscuridad, quizá tratando de ver en él algo que me inspirara confianza de cara al futuro. Pero nada me resultó llamativo y sí bastante monótono. Ni siquiera se cruzó con nosotros un solo vehículo, y las escasas luces que divisaba en los lejanos caserones situados a ambos lados de la carretera me parecieron tan tristes y deprimentes como las farolas de la entrada a un cementerio. Cuando calculé que íbamos a pasar cerca del lugar en el que tío Philip había atropellado al zombi, se lo dije a Ben, quien aminoró durante un rato la marcha para mirar la cuneta, pero no vimos ningún cuerpo.

–Ya debe de estar enterrado –dijo.

Yo estaba de un humor sombrío, que no mejoró, sino al contrario, desde el momento en que el vehículo enfiló el camino por el que se llegaba a la casa. Incluso los olores de la plantación me molestaban. Solo un día antes había hecho ese mismo recorrido con mi tío, aunque en sentido opuesto, y tenía la impresión de que hacía más de un año que faltaba del caserón, que nos recibió a oscuras. Lo miré con recelo.

–No temas, Johnny –trató de consolarme Ben–. Te he prometido que hablaré con tu tío, y dudo mucho que en adelante no se lo piense bien antes de volver a comportarse contigo de ese modo.

–Tenga cuidado con él, Ben –le advertí.

Nadie respondió cuando llamamos a la puerta. Ben consultó su reloj antes de llamar por segunda vez.

–Son las once... tal vez estén acostados –dijo.

–Puede ser que mi tío esté paseando a... tía Marge –sugerí; me costaba hablar de mi tía como si estuviera viva.

El sonido de unas pisadas precedió la aparición de Monique al otro lado de la puerta. Manifestó su sorpresa abriendo desmesuradamente los ojos.

–Joven Walcott..., no esperábamos verle tan pronto –murmuró.

–¿Qué quiere decir con eso? –le preguntó Ben con sequedad.

La anciana no tuvo ocasión para responder, pues tío Philip surgió detrás de ella y, al vernos, trató de esbozar una efusiva sonrisa; me dio un beso en la frente y a continuación tendió su mano a Ben, quien ignoró su saludo; mi tío no pareció molestarse por ello.

–Estábamos preocupados por ti, Johnny –dijo, volviendo a sonreír.

–Sube a tu habitación y acuéstate enseguida. No te olvides de tomar la otra pastilla –me recomendó Ben–. No te preocupes más; voy a hablar con tu tío.

–¿Qué tiene que decirme? –inquirió tío Philip, sin sonreír ya–. Debería agradecer que no le acuse ante la policía de haber retenido ilegalmente a mi sobrino.

–Mal empezamos, Walcott..., pero no vamos a hablar hasta que Johnny se haya ido a dormir. Ha estado enfermo todo el día y debe reposar –dijo Ben revolviendo cariñosamente mis cabellos.

–Ayer estaba un poco resfriado –asintió tío Philip.

Después de decir eso, le ordenó a Monique que se retirara y la anciana le obedeció sin rechistar.

Me habría gustado quedarme allí para ser testigo de la conversación, pero ambos permanecían callados y no tuve más remedio que dejarlos solos. Aun así, me volví a mirarlos desde el primer peldaño de la escalera. Tenían la vista fija en mí y supuse que debían de estar esperando a que me marchara. La idea de espiarlos me resultaba tentadora, pero me sentía fatigado y débil, y opté por retirarme.

Mientras subía por la escalera me pareció ver, gracias al resplandor de la luz del vestíbulo, que mis primos me estaban observando desde el corredor del primer piso, pero no me detuve a comprobarlo y, sin hacerles caso, llegué al segundo. Antes de entrar en el dormitorio, ingerí en el cuarto de baño la pastilla de Ben. Si hubiera habido un pestillo en la puerta de mi habitación, lo habría corrido para dormir con cierta tranquilidad, pues no sentía ningún deseo de volver a recibir una visita intempestiva, y a falta de ello hice lo mismo que había hecho dos noches atrás: colocar la silla con objeto de que sirviera de alarma.

No quise acostarme sin haber salido al balcón. Todo seguía igual, como si nada hubiera sucedido, igual que si yo no hubiera regresado esa noche: el aire como embalsamado, las cañas de azúcar inmóviles a la luz de la luna, la terrible quietud de la noche, el cielo pletórico de estrellas... El automóvil de Ben estaba aparcado ante la casa. Si me hubiera quedado en el balcón, habría podido saber al menos cuánto había durado la charla de los dos hombres, pero la debilidad me venció y me acosté después de dejar en la mesilla el libro de Montague Rhodes James.

Como al día siguiente no tenía nada que hacer, salvo esperar la llegada de Ben para seguir con nuestras clases, me quedé en la cama hasta bien entrada la mañana. No obstante, me sentía con más fuerzas, y en cuanto me hube aseado bajé a desayunar llevando conmigo el libro. Busqué a Monique por el vestíbulo y por la cocina, y al no encontrarla, decidí prepararme yo mismo el café con leche.

El recipiente con sangre seguía dentro del frigorífico.

El nivel del líquido había descendido bastante desde la vez anterior que lo viera, lo cual daba a entender que mi tía se había alimentado bien a lo largo del último día. Tratando de olvidar la visión de la sangre que esperaba para ser bebida, tomé unas galletas con el café con leche y salí a leer un rato en el viejo cenador, como era mi costumbre.

El automóvil de Ben había dejado un vacío ostentoso, pero supuse que no tardaría en volver a verlo aparcado allí. Fue en el jardín donde encontré a Monique. Estaba podando unas plantas y me saludó con su impasibilidad habitual.

–Buenos días, joven Walcott, creía que esta mañana se iba a quedar en la cama.

–Ya ve que no. Y aunque hubiera querido hacerlo, no habría podido..., el señor Perkins vendrá pronto.

–Ah, claro, usted no lo sabe... Es inútil que lo espere, el señor Perkins no vendrá ni hoy ni nunca. El señor Walcott le dijo anoche que prescindía de sus servicios.

Aquella noticia era la última que esperaba oír. Sentí una honda sacudida por dentro y el libro estuvo a punto de resbalar de mis manos. ¡De manera que su conversación nocturna había dado ese fruto! Probablemente, Ben le habría reprochado a tío Philip su conducta, exigiéndole que se comportara de otro modo conmigo, y la reacción de este, típica de una persona soberbia, habría sido ordenarle que no volviera a dejarse ver en la casa.

–¿Dónde está mi tío? –le pregunté a Monique, enfurecido.

–Ya debería saberlo, joven Walcott. Ha ido a la plantación como todos los días, con Chantal y Alfred –repuso la anciana.

Me pareció percibir en su voz un leve acento burlón, mas no quise objetar nada. Sus palabras me habían dejado vacío y no sabía qué hacer. De repente, el día había perdido todo posible atractivo para mí, pues no podía concebir una jornada sin la presencia de Ben, mi único amigo en aquel país, mi único apoyo en un ambiente tan hostil; hasta la idea de leer unos buenos cuentos a la sombra del cenador, con su calma residuo de otro tiempo, se me antojó insoportable con esa ausencia.

Monique había interrumpido su actividad y me miraba a la espera de que le dijera algo más. En tales condiciones, aislado de todo y de todos, la vida con los Walcott carecía de sentido para mí, y se me ocurrió de nuevo que lo mejor que podía hacer era ponerme en contacto con el notario Tennyson de Plymouth y pedirle que me sacara de allí. Mis padres no me habían dejado mucho dinero, pero bastaba para plantearme una vida en mi país, a cargo de un tutor hasta mi mayoría de edad. Pero ¿cómo podía comunicarme con él si el teléfono de la casa no tenía línea y yo no disponía ni de una modesta bicicleta, y no digamos ya de una motocicleta, para desplazarme a la ciudad y enviarle una carta? También sería inútil escribirla y pedirle a Alain que la echara al correo cuando fuera a Port-au-Prince. Alain no haría nada que no fuera cumplir las órdenes de mi tío. Si al menos hubiera seguido viniendo Ben, él podría haberme ayudado... No tenía ninguna posibilidad, estaba prisionero en el caserón.

–Bajaré a comer a eso de la una –le dije a Monique antes de marcharme, simulando un aplomo que estaba lejos de sentir.

Volví a la casa en un estado depresivo. Lo único que deseaba era estar a solas en mi habitación, sin mirar siquiera las hileras de cañas de azúcar, que se habían convertido para mí en el símbolo de lo que más rechazaba. Iba tan ofuscado que no reparé en que una silla se interponía en mi camino; tropecé con ella y el libro de James cayó al suelo. Al agacharme para recogerlo, me llamó la atención una mancha oscura. Parecía sangre. No me sentía capaz de jurar que la mancha no estaba antes allí, pero me extrañó verla. Ayudado por la llama del encendedor advertí que, en efecto, se trataba de sangre.

No era reciente, pero tampoco muy vieja, pues todavía conservaba el brillo rojizo. ¿Habrían traído sangre para mi tía y se les había derramado algo? Me dirigí a la cocina para comprobarlo, pero el líquido del recipiente se hallaba al mismo nivel en que lo había visto al bajar a desayunar. Y en el frigorífico no había otro recipiente. Intrigado, subí por la escalera preguntándome por el origen de aquella mancha de sangre.

Aprovechando que hasta Monique se hallaba fuera de la casa, un conato de rebeldía me incitó a asomarme a la habitación de tía Marge. La puerta estaba cerrada, pero no con llave. La estancia se encontraba a oscuras. Un tupido cortinaje ocultaba la ventana, y con ella, el sol. Me acerqué a la cama con cautela. Había alguien tumbado en ella. Con el encendedor arrojé un poco de luz a la oscuridad y gracias a ello pude ver a mi tía. Estaba encima del lecho, sin cubrir, completamente inmóvil, como si no fuera más que un cadáver insepulto. Sus ojos abiertos no miraban nada en concreto, y el vacío que se leía en ellos resultaba aterrador.

–Tía Marge... –susurré.

Su expresión muerta no se alteró aunque pronuncié dos veces su nombre. Horrorizado, huí de aquella especie de sepulcro construido no bajo tierra, sino sobre ella, y los latidos de mi corazón no normalizaron su ritmo hasta que me encontré en mi dormitorio. No veía ninguna salida para mí y me sentía tan desesperado que no tenía ni ganas de llorar. Estaba viviendo en un mundo alucinado y alucinante que no tenía nada que ver conmigo, y solo me interesaba perderlo de vista para siempre. Volví a colocar la silla como parapeto, dejé en el escritorio el libro, que parecía estar condenado a no ser leído, y tampoco recurrí a la radio, con objeto de que nada interfiriera el curso de mis pensamientos, entre los cuales figuraba la mancha de sangre en el vestíbulo.

Yo no era un fanático de la limpieza hasta el punto de atreverme a afirmar sin temor a incurrir en un error que la mancha no estaba allí días atrás, pero si no procedía del recipiente reservado para el consumo de tía Marge –para el consumo del ser que yacía en el lecho con sus rasgos–, significaba que había sido derramada por alguien. Y, al menos que yo supiera, solo Ben Perkins había entrado recientemente en la casa para hablar con mi tío. ¿Sería posible que fuera sangre suya? ¿Qué le habría hecho tío Philip a Ben? La sospecha de que pudiera haberle golpeado o incluso herido como represalia a su actitud fue creciendo en mí, y me quitó el poco apetito que tenía. Ante la incertidumbre, decidí pasar por alto la hora de la comida y también no cenar con mi tío y mis primos. Prefería no verlos, y menos aún hablar con ellos.

Monique debió de extrañarse de que no bajara al comedor, en contra de lo que le había anunciado, porque subió a advertirme de que la mesa estaba puesta desde hacía un buen rato. No llamó a la puerta, sino que la empujó, provocando que la silla emitiera un molesto chirrido al ser arrastrada por las baldosas.

–¿No sabe llamar antes de entrar? –le reproché.

–Joven Walcott, le recuerdo que en esta casa no hay puertas cerradas con llave o con el cerrojo echado, salvo la de la entrada, y solo por las noches… Son las normas. Usted me ha dicho que bajaría a la una y he cumplido con mi obligación preparándole la comida.

–Es igual, no voy a bajar –dije.

–Como quiera, pero debería haberme avisado. Tengo muchas otras cosas que hacer –repuso, ofendida.

–Monique…, ¿a qué hora se marchó anoche el señor Perkins? Me dormí y no oí su coche.

–No lo sé, joven Walcott, yo también me quedé dormida; no sé nada más.

–Está bien, márchese y retire la comida.

El temor de que la sangre del vestíbulo pudiera pertenecer a Ben me puso de un humor sombrío. Después de que tío Philip hubiera mostrado conmigo una total falta de escrúpulos le creía capaz de cualquier cosa –hasta pensé que su forma de vida había acabado volviéndole loco–, y la angustia me hizo casi irrespirable el aire de la habitación. Ya no sabía si sería mejor bajar a cenar con Chantal, Alfred y mi tío, y preguntarle a este abiertamente por Ben para ver cómo reaccionaba.

A media tarde salí de mi dormitorio. Como el transistor seguía sin pilas, yo añoraba la música, pero me acordé de que en una de las habitaciones del corredor derecho del primer piso había un piano. Acariciar el teclado y, acaso, tocar alguna pieza breve era lo único que me faltaba para poder enfrentarme con cierta tranquilidad a una cena que prometía ser borrascosa. El hecho de que ninguna puerta estuviera cerrada con llave ayudó a mi propósito: no me costó reconocer de qué habitación se trataba, ni entrar en ella.

El piano era un Steinway y se hallaba colocado en el centro de la estancia, la cual solo estaba amueblada con el taburete para el pianista y cuatro viejos sillones con la tapicería descolorida. Un espeso cortinaje ocultaba la ventana, y el espeso olor a falta de ventilación aún era más acusado que en el resto de la casa. Molesto por la falta de aire y de sol, descorrí el cortinaje para abrir la ventana y dejé que el viento de la vida soplara sobre la estancia muerta, una cámara más del gigantesco mausoleo que era la casa de los Walcott.

Subí la tapa del piano. Debía de hacer mucho tiempo que nadie lo tocaba *en serio*. Tuve esa impresión en cuanto coloqué un dedo sobre el teclado y lo recorrí con él: es algo que nota cualquiera que ame ese instrumento musical. Entre las partituras que había encima de él figuraban obras de Beethoven, Chopin, Schubert, Ravel, Debussy, Satie y Schumann. ¡Hacía tanto, también, que mis manos no se habían posado sobre un piano! Sentado en el taburete, elegí entre las partituras la *Pavana para una infanta difunta.* El piano estaba desafinado, pero eso no me impidió disfrutar esforzándome por convertir en sonidos la música de Ravel.

Tanto me concentré en ella, y tanto fue el placer que me produjo el tocarla, que durante unos minutos llegué a olvidarme de mi situación y de mis temores con respecto a Ben. La música puede ser un gran consuelo para la soledad y la infelicidad. Cuando concluí, cambié la partitura por la de *Escenas de niños,* de Schumann, y toqué mi fragmento preferido, *Traumerei.* La interpreté dos veces seguidas, la segunda de ellas con los ojos cerrados, dejándome llevar por el recuerdo e improvisando.

Apenas el eco de las últimas notas se disolvió en el aire, oí un ruido en la habitación. Tía Marge acababa de entrar y se dirigía hacia mí con los brazos extendidos, pero su objetivo no era yo, sino el piano, y por primera vez creí detectar un brillo de vida en sus ojos, espantosamente negros. Hizo el gesto de tocarlo, pero no llegó a hacerlo. Se volvió a mirar la ventana abierta, por la que penetraba la claridad del día, y sus ojos se hicieron, si cabe, aún más negros, a la vez que caía de rodillas. Abrió la boca hasta dejarla rígida, y se desplomó.

Yo había retrocedido al verla así. La música se había extinguido en aquella estancia y ya solo había espacio para la muerte. Cada vez más horrorizado, vi cómo la piel de tía Marge iba adquiriendo un tono marrón, para hacerse luego violáceo, mientras algo parecía rebullir en su carne. Y un fuerte hedor a descomposición orgánica se apoderó de la habitación. No pude llegar a la puerta: en cuanto di unos pasos, caí desvanecido.

Desperté en mi cama, y de momento no recordé nada, como si mi mente hubiera segregado alguna sustancia autoprotectora que facilitara el olvido, pero no tardé en recuperar el terrible cuadro de la descomposición corporal de tía Marge. Me senté en el lecho y advertí que tenía el cuerpo cubierto de sudor y que el hedor a podredumbre me había seguido hasta el dormitorio, como si hubiera impregnado mis ropas. ¿Por qué había sucedido *aquello?* La respuesta no podía ser otra que por haber estado expuesta a la luz del día. ¿Qué habría llevado a mi tía a la habitación del piano?

Debí de permanecer varias horas inconsciente, porque al incorporarme vi que ya era de noche. Cuando pretendí salir del dormitorio encontré ante la puerta a la anciana Monique, quien parecía estar montando guardia.

–No puede salir hasta que venga el señor Walcott –me dijo–. Ha dado la orden de que le impida moverse de aquí.

No tuve valor para preguntarle el porqué. Además, estaba claro que todo se debía a lo que le había sucedido a su esposa. Pero ¿qué culpa tenía yo de eso? Es probable que Monique bajara a advertir a tío Philip de que yo había despertado, porque llegó enseguida. Tenía los ojos enrojecidos y las manos le temblaban.

–Marge ha dejado de existir por tu culpa –fue su saludo.

–Yo no he hecho nada. Estaba tocando el piano, ella apareció y…

–¡Tocabas el piano! ¿Sabes que era suyo? ¡Tocaba en él todas las noches hasta el día de su muerte! Lo hacía desde que nos casamos. Cuando Alfred y Chantal eran niños interpretaba para ellos la música que estabas tocando… Lo he visto..., he visto la partitura... Esa música ha debido de remover algo en ella y la ha atraído a la habitación, que tú, además, has dejado abierta a la luz del día. Tu música la ha matado..., definitivamente.

–Créeme, tío Philip, no era mi pretensión... –traté de defenderme.

–No quiero verte nunca más en esta casa... Desde que llegaste, solo nos has traído problemas –aseveró.

¡Marcharme de aquella casa! Hacía días que deseaba hacerlo, pero ahora que llegaba el momento me di cuenta de que no tenía ningún lugar adonde ir, salvo la casa de Ben Perkins. Y si mis temores se confirmaban, ni siquiera eso.

–¿Por qué me hiciste venir, tío Philip? Desde el principio me percaté de que no era bien recibido. Podría haber seguido viviendo en Plymouth, no había necesidad de hacerme venir.

–Me equivoqué contigo; te creía diferente, pero eres un chico conflictivo. Nos has causado el mayor daño imaginable a mí y a mis hijos..., y no puedo, no podemos perdonarte.

–Iré a la casa de Ben Perkins.

–Ve a donde quieras. A partir de mañana no quiero verte más por aquí.

Al oír eso respiré aliviado, porque las palabras de mi tío parecían indicar que Ben estaba vivo.

–Haré mi equipaje... ¿Podrá llevarme Alain a la ciudad?

–Despacio, muchacho, no vayas tan deprisa, todavía no hemos acabado. He pospuesto el entierro de Marge hasta esta noche porque quiero que estés presente para que veas cuánto dolor nos has causado con tu inconsciencia... Vamos a enterrarla ahora en el jardín.

Capítulo octavo

Polvo zombi

COMO un sonámbulo, bajé con mi tío al vestíbulo. Mi sensación, casi familiar, de estar viviendo dentro de una pesadilla se acrecentó al ver a mis primos. Estaban muy pálidos y apartaron la vista al verme, no sin antes haberme dedicado una mirada de odio. Monique salió de la cocina para unirse a nosotros y los cinco nos encaminamos despacio hacia el jardín. El calor era sofocante, no corría ni el menor soplo de viento, y la fuente y la estatua de la entrada tenían algo de irreales a la luz de la luna. Lo único agradable era el aroma de las plantas, que hacía olvidar el hedor que se había convertido en mi indeseado compañero desde lo sucedido con tía Marge.

Alain nos esperaba con dos zombis no lejos del cenador. Habían excavado una fosa al pie de un macizo de flores, y un rústico féretro reposaba encima del montículo de tierra, a un lado del agujero. En cuanto lo vieron, Alfred y Chantal rompieron a llorar. Tío Philip repartía sus sombrías miradas entre el ataúd y yo. Por el rostro de la anciana Monique también se deslizaban las lágrimas. Al advertir la presencia de otro féretro, este abierto, con la tapa reposando en el suelo, me pregunté qué sentido tenía que estuviera allí. A diferencia de los pocos que había tenido ocasión de ver hasta entonces, no eran más que unas maderas clavadas.

–Ya ves las consecuencias –dijo mi tío–. Mis hijos ni siquiera podrán ver a su madre por última vez...; has hecho de ella un horror.

A una señal suya, sirviéndose de una gruesa soga, Alain y los zombis bajaron a la fosa el ataúd con los restos de tía Marge.

–Asómate –me ordenó mi tío–. Mira la tierra, mira el féretro..., imagina lo que es una separación definitiva, una despedida eterna... No hay castigo suficiente para ti.

El ataúd era una mancha oscura en el fondo del agujero. No quise pensar en lo que había en su interior, pues todavía tenía presente lo sucedido en la habitación del piano. Oí unos sollozos detrás de mí.

–Obsérvalo bien y dime si no estás arrepentido de lo que hiciste –dijo mi tío; tenía un tono de voz extraño–. Y si no lo estás, vas a tener tiempo para arrepentirte... ¿Sabes que yo sólo vivía para ella? Has dejado mi vida vacía, sin objetivos...

–Ni siquiera se me ocurrió que pudiera suceder algo así..., solo deseaba tocar el piano –balbucí.

Una mano se posó sobre mi hombro derecho y me volví a tiempo de ver cómo Chantal acercaba otra mano a mi rostro y soplaba sobre un puñado de polvo blanco semejante al talco, salteado por unas diminutas motas rojas. El polvillo me hizo estornudar y perdí la consciencia en el acto, sin darme cuenta de lo que sucedía. La última cosa que vi fue el agujero excavado en la tierra.

No tuve un despertar tan consciente como el de las mañanas, al final de la noche. Solo supe que había entreabierto los ojos y que estaba rodeado de una densa oscuridad. Era incapaz de razonar y sentía como si tuviera niebla en el cerebro y alguien me estuviera apretando en la base del cráneo. Intenté mover los brazos y no pude. Lo mismo sucedió cuando traté de hacerlo con las piernas. Un hormigueo recorría mi cuerpo. Me resultaba difícil respirar, y el poco aire que llegaba a mis pulmones parecía viciado.

Reconocí que me estaba ocurriendo algo muy extraño, pero no conseguí comprender de qué se trataba. Después de unos minutos de quietud, por fin logré alzar un brazo haciendo un notable esfuerzo. La falta de aire resultaba alarmante y tuve el primer atisbo de lo que sucedía cuando mi mano chocó contra algo duro, semejante a la madera, situado a unos dos palmos de mi rostro. Me hallaba encerrado a oscuras en un lugar estrecho y la escasez de aire se debía a eso.

Cerré los ojos, no solo porque pretendía reflexionar cuanto lo permitiera la bruma que parecía envolver mi embotado cerebro, sino porque daba igual que los mantuviera abiertos: no veía nada. Poco a poco fueron llegando a mi mente algunas palabras e imágenes, aunque de modo inconexo, igual que al despertar de una pesadilla. Recordé vagamente el féretro que contenía el cadáver de tía Marge y, a su lado, otro ataúd abierto. Y también las palabras de mi tío sobre el castigo y el arrepentimiento..., y a Chantal soplando sobre un puñado de polvo que iba a parar a mi rostro... ¿Cuándo había sucedido todo ello?

Me sentía como si estuviera viviendo una segunda existencia y las lejanas palabras e imágenes pertenecieran a la primera. Yo no era yo..., yo era otro... Hice con el brazo izquierdo lo mismo que había hecho con el derecho, y mi mano volvió a chocar contra un obstáculo duro, resistente. Madera..., debía de serlo porque olía a madera recién cortada. No estaba pulida, ofrecía no pocas rugosidades al tacto... Y el polvo blanco con motas rojas..., y el ataúd abierto junto al otro cerrado... ¿Sería posible que estuviera encerrado en un féretro?

La saliva me hizo daño en la garganta al tragarla. Fue casi un milagro que pudiera hacerlo, pues tenía la boca seca, acartonada. Elevé los brazos para empujar con fuerza el obstáculo, pero este no perdió su rigidez, y luego los moví hacia ambos costados, donde chocaron también contra la madera. Ya no cabía duda: estaba dentro de un ataúd.

De momento traté de tranquilizarme pensando que tío Philip no pretendía más que tenerme encerrado unas horas de ese modo tan espantoso, pero los recuerdos empezaron a afluir a mi mente, y con ellos lo que Ben Perkins me había contado a propósito del polvo zombi. Si Chantal me había arrojado al rostro un puñado de ese polvo, significaba que se proponían convertirme en uno de estos. De ser así, estaba condenado a permanecer en la tumba hasta que me exhumaran cuando mi corazón solo emitiera dos pulsaciones por minuto.

La angustia me incitó a hacerme todo tipo de conjeturas. ¿Dónde estaba enterrado? El féretro que contenía mi cuerpo podía encontrarse en una de las habitaciones de la casa, o en cualquier parte del jardín, pero el hecho de que hubiera permanecido abierto al lado del ataúd de tía Marge y de la tumba destinada a ella parecía indicar que habían depositado ambos en el mismo agujero. El pánico me invadió y experimenté un frío mortal, pero no por ello mis latidos se aceleraron: mi corazón no respondía de la misma forma que antes; era otro músculo que pertenecía a otra vida... El contraste entre la intensidad de mi desesperación y la parsimonia de los latidos me hicieron pensar por momentos que iba a enloquecer.

Si, como temía, me habían hecho compartir la tumba de tía Marge, ¿dónde habrían colocado mi ataúd..., encima o debajo del suyo? Como quiera que fuese, yo había sido enterrado en vida en el espacio reservado a un cadáver después de haber recibido en el rostro un soplo de polvo zombi que había penetrado hasta mis pulmones. Golpeé en la madera, sin conseguir más que hacerme daño, y grité y grité hasta enronquecer. Me quedé un rato inmóvil. No sabía si era preferible que me dejaran en el féretro hasta morir asfixiado o que, como todo parecía indicar, lo abrieran transcurridos unos días para utilizarme como un zombi.

«No hay castigo suficiente para ti...», había dicho tío Philip.

La idea de convertirme en uno de esos seres sin voluntad que pululaban por las plantaciones, semejante al que había atropellado mi tío camino de la ciudad, se me hizo tan insoportable como saberme dentro de aquel cajón de madera herméticamente cerrado en el que el aire desprendía olor a tierra y a humedad. No obstante, el polvo blanco debía de contener alguna sustancia adormecedora de los sentidos, porque mis pulsaciones no se aceleraron a pesar de tan sombríos pensamientos. No se trataba de indiferencia ante mi destino, sino de una incapacidad orgánica.

Volví a empujar la madera que me cercaba por los cuatro lados, sin lograr que cediera ni una pulgada, y entonces pensé que quizá llevaría aún en el bolsillo la caja de fósforos que había usado tío Philip para la ceremonia en el sótano del palacio de Duvalier. Llevé la mano al bolsillo derecho. La cajita seguía estando allí, pero el hallazgo no me reconfortó. ¿Qué ventajas sacaría prendiendo uno?

¿Comprobar sin posibilidad de duda las reducidas dimensiones de la caja y sentirme todavía peor? ¿Ayudar a consumir más deprisa con el fósforo el oxígeno del que disponía para respirar?

Aunque todo me parecía mal, creí preferible ver la realidad en su crudeza que permanecer, además, ciego en aquel mundo de perpetua noche. Saqué poco a poco la cajita y, con la ayuda de la otra mano, rasqué un fósforo, si bien me arrepentí inmediatamente de haberlo hecho, pues el hecho de ver a un palmo de mí la tapa del féretro me produjo tal angustia que proferí unos gritos, los cuales solo obtuvieron como respuesta el silencio.

El angosto espacio empezaba a apestar a fósforo quemado, y casi agradecí que este se consumiera con rapidez para volver a las tinieblas. Las lágrimas surcaron mi rostro, y nadie podía acudir allí a enjugarlas. ¿Qué clase de maldad había en aquel país y en sus habitantes, capaz de condenar a un ser humano a un tormento tan espantoso? ¿En qué recóndito lugar había nacido el vudú? Golpeé, en vano, ambos costados y mi horror fue en aumento al imaginarme rodeado de tierra.

El olor a fósforo se había introducido en mis pulmones y empecé a notar que me faltaba aire. ¿Cuánto tiempo llevaría enterrado desde que Chantal arrojara a mi rostro el polvo zombi? ¿Unas horas? ¿Un día? ¿Más de un día? Si era verdad lo que me había contado Ben Perkins, disponía de tiempo suficiente para enloquecer. Y a la tortura del entierro en vida vinieron a unirse las imágenes propiciadas por mi imaginación. Pensé en mí y en el féretro bajo tierra. ¿A qué profundidad me encontraría? Bastarían unos kilos de tierra encima del ataúd para que no pudiera abrirlo, aunque me dejara en la tentativa las uñas y la carne de los dedos. Nunca podría levantar la tapa; la tierra lo impediría. Y, entretanto, otro féretro colocado encima o debajo del mío era mi única compañía en los últimos momentos de mi vida.

El dios del sueño de los antiguos debió de apiadarse de mí, porque en cuanto cerré los ojos caí en un estado de somnolencia que me impidió seguir pensando en ese tipo de cosas, y me pareció que estaba soñando y que mis amigos de Plymouth, mis padres, Ben Perkins y hasta el notario Tennyson me llamaban en voz alta, como si me hallara perdido en un lugar ignoto y anduvieran buscándome. Incluso oí con claridad la voz de Ben pidiéndome que resistiera, que no me dejara morir. Pero el sueño resultaba confortable, evasivo.

Algo rompió el silencio que me rodeaba: un rumor lejano, semejante al de la tierra al ser removida, y percibí mi nombre en boca de otro. Aunque quise contestar, no pude, pues mis cuerdas vocales se resistían a emitir cualquier sonido.

–Johnny..., aguanta..., voy a sacarte de ahí –dijo una voz.

¿Lo había dicho realmente, formaba parte de mi sueño o era un producto de mi ilusión?

–¡Sé que estás ahí, Johnny..., soy Ben..., Ben Perkins! Si me oyes, contén la respiración lo que puedas... Cuanto más despacio respires, menos oxígeno consumirás, pero aunque notes ahogo no te desesperes; dispones de aire suficiente para unos días.

Las palabras sonaban demasiado reales para tratarse de un sueño, aunque ¿acaso no todos los sueños parecen reales mientras los experimentas? Traté de decir algo, pero seguía sin poder hablar. El ruido de la tierra removida se fue haciendo mayor, y pronto oí el golpe asestado por un objeto duro contra la madera del ataúd.

–Johnny, respóndeme..., ¿puedes oírme?

Era la voz de Ben. Algo contundente empezó a golpear la madera superior del féretro, y poco después se abrió en ella una rendija, a través de la cual divisé un retazo de cielo oscuro y un puñado de estrellas, un panorama que había creído que nunca más volvería a ver. Pero eso tampoco me produjo euforia; para entonces, mis sentidos se habían adormecido y era incapaz de experimentar algo que no fuera horror. El único razonamiento que se me ocurría era que, si había sido enterrado en la fosa donde yacía tía Marge, mi féretro estaba colocado encima del suyo y eso había facilitado la labor de Ben Perkins. Sin embargo, la madera fue desapareciendo de mi vista para dar paso a más cielo, a más estrellas y a la figura de Ben.

–Deprisa, Johnny, dame la mano –me ordenó; y al ver que no hacía caso, añadió–: ¿No me entiendes? Tienes que alcanzarme la mano para que pueda sacarte...

Levanté mecánicamente hacia él mi brazo derecho y lo atrapó enseguida, sin dar posibilidad de que se derrumbara. Por lo demás, no colaboré mucho. En otras circunstancias habría puesto de mí todo lo necesario para ayudarle a extraerme de la fosa, pero me temo que mi cuerpo era un peso inerte, por lo que tuvo que redoblar sus esfuerzos. Parecía difícil que pudiera sacarme, y hacerlo le llevó un buen rato. Yo era consciente a medias de sus esfuerzos, y las lágrimas bañaron mi rostro mezclándose con el polvo de la tierra.

Por fin me vi fuera de la sepultura, de bruces sobre la tierra del jardín, que exhalaba el agridulce olor de la vida. Desde allí, mis ojos se posaron sobre una pala que había caída a mi lado y luego sobre el cenador, el lugar donde tanto había leído y tanta música había escuchado, y algo se rebeló dentro de mí, pero no me sentí capaz de incorporarme.

–Tienes que ser fuerte, Johnny; lo peor ya ha pasado. Levántate, los de la casa pueden venir en cualquier momento –me incitó Ben.

Traté de decirle que no podía, pero no pude articular ni una palabra.

–Discúlpame..., no hay más remedio. No me lo tengas en cuenta si luego lo recuerdas –dijo, y me asestó una fuerte bofetada.

Aquello me hizo reaccionar y, aunque no sin dificultad, logré ponerme de rodillas.

–Eso está bien, Johnny..., eso ha estado muy bien. En cuanto te pongas de pie iremos a mi coche..., está cerca de aquí, en un lugar donde no puede ser visto desde la casa.

Con las manos sudorosas me ayudó a que acabara de levantarme, y en cuanto se aseguró de que yo podía mantener el equilibrio me hizo caminar cogiéndome por un hombro. Para mí era tanto como si empezara a aprender a caminar, cual un nuevo Lázaro de Betania; notaba las piernas pesadas, sordas a las órdenes que les transmitía mi sistema nervioso, y parecía que iba a derrumbarme de un momento a otro, pero logramos llegar a la fuente, donde la monstruosa figura de piedra nos observaba desde la altura como si estuviera dotada de vida.

–No mires ahí..., ahora solo debes pensar en caminar –me animó Ben–. Camina..., no te preocupes si las piernas no te responden bien. Llegaremos pronto al coche...

El vehículo estaba medio camuflado a la derecha de la entrada al jardín. Desde el momento que lo vi me pareció un objetivo inalcanzable, pero cada vez estaba más cerca de nosotros.

–En mi casa tomarás algo que te ayudará a neutralizar en buena parte los efectos del polvo zombi... He llegado a tiempo, es más nocivo a medida que pasan los días.

A partir del segundo no hay posibilidad de volver atrás..., es absolutamente irreversible. Ahora te encuentras en la fase en que comienza la parálisis muscular, pero todavía no te ha afectado al corazón... Saldrás de esta, Johnny, vas a salir de esta, y el hecho de que el polvo zombi no siga su curso en tu organismo es el mejor desquite que puedas imaginar contra tu tío...

Ben abrió la portezuela del automóvil, me ayudó a sentarme en el asiento contiguo al del conductor y dio la vuelta por delante para subir por la otra. Aún no se había sentado cuando oí unas voces. No pude comprobar de qué se trataba porque era incapaz de girar el cuello, pero Ben me lo aclaró:

–Son Philip, tus primos y un individuo a quien no conozco.

–A-l-a-i-n... –conseguí murmurar–. Se-rá-A-lain...

–Bravo, Johnny, verás cómo no tardas en volver a hablar y moverte igual que antes... Piensa que los has derrotado, y eso te ayudará a reponerte más deprisa.

Estaba haciendo girar la llave de contacto cuando una detonación rompió el silencio y una bala hizo añicos el retrovisor. El vehículo arrancó al tiempo que sonaba un segundo disparo. Ben apartó su mano derecha del volante para empujarme hacia abajo, con objeto de evitar que una bala me alcanzara en la cabeza, y, después de describir una curva, el automóvil se alejó de allí. Todavía pude distinguir una pistola en las manos de Alain y un fusil en las de tío Philip, quien hizo fuego una vez más contra nosotros, pero la bala se perdió en la oscuridad.

–¿Por... qué...? –pregunté.

–Ahora está por ver si se deciden a seguirnos o se quedan allí pensando en cómo reaccionar. Lo malo es que no podemos recurrir a la policía de este corrupto país porque no atiende a razones; te devolverían a la casa de tu tío, y eso si no te encerraban. Por el momento iremos a la mía, ya se me ocurrirá qué hacer.

Tío Philip no nos persiguió, aunque Ben Perkins temía que lo hiciera. Permanecí casi inconsciente hasta que llegamos a la ciudad, y Ben, como si tratara de impedir que me quedase dormido del todo, no cesó de hablar hasta que el automóvil se abrió paso por las cabañas de las afueras de Port-au-Prince, pero no retuve nada de lo que dijo: su voz sonaba lejana. Dejó el coche aparcado delante de su casa, la cual no reconocí, y me ayudó también a salir. Debía de ser muy tarde, porque la calle estaba desierta y apenas se divisaba alguna luz en las ventanas. A pesar de que la noche era cálida, sentía un frío intenso, paralizador, como de tumba.

Ni siquiera me di cuenta de cuándo entrábamos en la casa. Una vez en el piso, Ben me acostó y me arropó con cuidado, para luego dejarme solo con la luz de la mesilla encendida. Sin embargo, reapareció poco después para inyectarme algo en un brazo y hacerme beber una mezcla de líquidos. No noté el pinchazo de la aguja.

–Ahora sí debes dormir –dijo luego–. Dejaré la luz para que no temas a la oscuridad.

Hizo bien al dejar la habitación iluminada, porque no sé si habría podido soportar verme envuelto por la negrura sin creer que seguía enterrado en la tumba. Eso no impidió que cayera en la inconsciencia, de la que salí con la sensación de haber estado moviéndome por una tierra desconocida poblada de seres monstruosos. La primera imagen que percibí fue la de Ben sentado en una silla, al otro lado de la estancia. Estaba leyendo un libro y, en cuanto se dio cuenta de que me agitaba en el lecho, lo dejó para obligarme a tomar un zumo de frutas que me esperaba en un vaso encima de la mesilla.

–¿Qué tal te encuentras? –me preguntó sonriente–. Has dormido todo el día..., pronto volverá a ser de noche.

Después de muchas horas pude hablar, razonando lo que pretendía decir, y repuse que me sentía mejor, aunque con la sensación de que mi mente se hallaba apresada por una bruma.

–Estás vivo por casualidad, Johnny, ahora puedo decírtelo... Ha sido..., ha sido lo más cruel de todo lo que han hecho contigo. Es inconcebible que hayan sido capaces. Te enterraron en la tumba de tu tía tras arrojarte polvo zombi al rostro.

–Lo sé, y nunca podré agradecerle bastante lo que ha hecho por mí –Ben movió los hombros restándole importancia–. ¿Cómo supo lo que me había pasado?

–Estaba espiando lo que sucedía en la casa... ¿Recuerdas que me dejaste hablando con tu tío? Cuando le reproché su forma de comportarse contigo, no solo se puso insolente, sino que además me golpeó... Tuvimos una pelea y lo dejé en el suelo del vestíbulo sangrando por la nariz. Me marché sabiendo que a partir de ese momento se me prohibiría seguir impartiéndote mis lecciones, y me quedé preocupado por ti. Por eso decidí vigilar al menos durante un par de días... A la noche siguiente vi a ese hombre al que llamaste Alain introducir un féretro en la casa, ayudado por dos zombis, e inmediatamente después salieron para volver con otro ataúd. Eso me intranquilizó del todo, porque se trataba de algo fuera de lo corriente. Al ver sacar ambos féretros y llevarlos al jardín, sospeché que uno te estaba reservado. Escondido entre la vegetación vi cómo excavaban una tumba en presencia de tus primos. Más tarde bajaste con tu tío... Y las lágrimas de todos parecían indicar que tu tía Marge ocupaba uno de ellos... Dime, ¿cómo sucedió?

Atendió con expresión grave mis explicaciones sobre el terrible suceso del piano.

–Qué horror... –comentó–. Has sufrido unas experiencias traumáticas... ¡Maldito país!

–La tumba, Ben..., la tumba..., la negrura..., el ahogo... –balbucí cerrando los ojos.

–Al ver lo que hacían contigo estuve a punto de saltar, pero me contuve porque eran muchos y podían haberme matado fácilmente. Esperé... Estuvieron media hora de pie ante la tumba cerrada, contemplando la tierra. Yo temía que fuera a quedarse alguien vigilando, pero se marcharon y por fortuna dejaron la pala entre unos matorrales. Aguardé hasta que estuve casi seguro de que no iban a reaparecer, e intervine utilizando para abrir la tumba la misma pala que habían utilizado para cerrarla... El resto lo sabes, aunque no debiste de darte cuenta de casi nada.

–El polvo..., el polvo zombi..., ¿por qué no me hizo efecto el polvo zombi? –inquirí.

–Lo hizo, Johnny, lo hizo... Lo que sucede es que el efecto es progresivo, y si hubieras estado un día más enterrado, no habría habido remedio para ti. Es la práctica más cruel en esta isla... Cuando llegamos a casa te inyecté una especie de antídoto.

–¿De qué está hecho ese polvo?

–Es un atavismo, un secreto que se remonta a miles de años. Se transmite de generación en generación, y ni siquiera nació aquí...; incluso es peligroso preguntar por él, solo lo conocen los más iniciados en el vudú.

–Como tío Philip... –dije en voz baja; sin embargo, Ben me oyó.

–Sí, como tu tío. No es fácil ni frecuente que los blancos tengan acceso a ese secreto, pero en ocasiones sucede, en especial si asumen el papel de Barón Samedi –añadió, suspirando–. Hablemos de otra cosa..., ¿has pensado qué vas a hacer?

–No lo sé, no he tenido tiempo. Tal vez regrese a Inglaterra. Puede que sea lo mejor..., dispongo de recursos para sobrevivir. Pero antes tendría que hablar con el notario que llevaba los asuntos de mis padres; es una excelente persona, fue él quien se encargó de gestionar mi viaje a Haití.

–Es una buena idea –asintió Ben–. Puedes telefonearle mañana desde aquí.

Entonces me acordé de que todas mis pertenencias se habían quedado en el caserón de los Walcott, entre ellas una agenda de notas en la que figuraba el número de teléfono de Tennyson. Se lo dije a Ben.

–Es igual, mañana conseguiremos el número en la Embajada británica... Ahora voy a dejarte solo un rato, debo salir a hacer unas compras antes de que cierren las tiendas. No he querido hacerlo hasta que estuvieras consciente, para que no te asustaras en el caso de que despertases... Subiré enseguida. Entretanto sigue descansando y, si puedes, duerme un poco. Sobre todo, no abras la puerta aunque llamen –me dijo.

–¿Cree que tío Philip se atreverá a venir aquí? –le pregunté; la sola idea de que aquel hombre pudiera volver a cruzarse en mi vida me provocó un profundo malestar.

–No está de más tomar precauciones –repuso.

–¿Qué clase de ser humano es? ¿No le basta con haberme enterrado vivo?

–Ese hombre tiene unos poderes inimaginables, está enfermo de obsesión y la ha contagiado a quienes viven con él. No te olvides de que se proponía convertirte en zombi y no lo ha conseguido... ¡Nos disparó cuando huíamos y seguro que estará furioso! Hay que seguir teniendo cuidado.

El ruido que hizo la puerta del piso al ser abierta y cerrada indicó que me había quedado solo. Eso hizo nacer en mí cierta intranquilidad, que traté de desterrar contemplando los estertores del día a través de la ventana abierta. La noche estaba a punto de llegar. Entré en estado de duermevela pensando en tío Philip y en mis primos, hasta que unos fuertes golpes en la puerta me sobresaltaron.

Era de noche y no había ninguna luz en el piso, lo cual indicaba que mi amigo aún no había regresado.

Los golpes se repitieron. Aunque Ben me había indicado que no abriera a nadie, me levanté para ir a curiosear por la mirilla. De camino hacia allí, a oscuras por el pasillo, volvieron a llamar con tal insistencia que me detuve. Y cuando en lugar de seguir llamando embistieron una y otra vez contra la puerta, busqué refugio en la primera habitación que encontré. Desde allí oí cómo seguían dando fuertes empujones a la puerta, pero no percibí señal alguna de que hubiera cedido. Luego, todo quedó en silencio y no volvieron a dar más golpes.

Ben me encontró allí tras buscarme por todo el piso. El ruido que hizo al abrir la puerta me hizo temer que nuestros desconocidos visitantes hubieran logrado entrar, y solo pensé en quedarme oculto y callado hasta que estuve a punto de saltar sobre él cuando entró en la habitación donde me escondía. Dejó en el suelo las dos bolsas que llevaba y corrió a atenderme.

–¿Qué ha sucedido, Johnny, qué haces aquí? Me ha preocupado no verte en el dormitorio..., te he llamado varias veces.

–Han intentado derribar la puerta. Son ellos, Ben..., saben que solo podía refugiarme aquí, ¡y han venido!

–Tranquilízate, ahora estoy yo. Vuelve a la cama y no te preocupes, voy a quedarme contigo –dijo.

–Si no le importa, prefiero quedarme levantado.

La calma no duró. Al poco rato de haberme vestido con las ropas sucias, ya que no tenía otras, y quedarme sentado junto a Ben tratando de leer un libro (en vano, porque el nerviosismo me lo impedía), los golpes volvieron a sonar, cada vez con mayor insistencia. Después de intercambiar una mirada y apagar la luz, salimos de la habitación. Esta vez no esperaron a comprobar si abríamos: hubo una sucesión de embestidas contra la puerta y, tras una breve pausa, se oyó un disparo y una bala destrozó la cerradura.

Ben me hizo entrar en otra estancia, pero todavía tuve tiempo de ver a dos corpulentos negros derribando la puerta del piso. Sus miradas vacías y su forma de caminar señalaban inequívocamente que se trataba de zombis. Ben también había entrado conmigo empuñando una pistola, pero ellos hicieron lo mismo. La oscuridad impedía ver nada más que el bulto de sus cuerpos, oscuros como sombras. Ben disparó a ciegas.

–¡Dame la mano…, vamos a salir de aquí! –gritó.

Tiró a la fuerza de mí y echamos a correr hacia la destrozada puerta del piso, donde nos esperaba una sorpresa: un tercer zombi se había quedado fuera, como si le hubieran dado la orden de vigilar la salida. Ben no titubeó en lanzarse contra él y asestarle un contundente golpe en el estómago. El zombi retrocedió hasta apoyar su cuerpo contra el pasamanos, que le sirvió de contención para no desplomarse por la espelunca de la escalera, pero no parecía muy afectado. Nos disponíamos a aprovechar la leve ventaja de la que disponíamos para huir escaleras abajo cuando vimos que otros dos zombis obstaculizaban el paso. Detrás de ellos estaba Alain, apuntándonos con una pistola.

–Deprisa, Johnny, vamos por arriba –me indicó Ben.

La bala de Alain pasó rozando mi oreja. El pavoroso silbido me acompañó mientras subíamos. Yo no tenía ojos más que para los peldaños, preocupado por evitar tropezar. Entretanto, Ben había sacado de su bolsillo unas llaves y, manteniendo la pistola en su mano derecha, aplicó con la izquierda una de ellas a la cerradura de la puerta en la que iba a morir la escalera.

–Es la terraza, intentaremos escapar por ella –dijo.

Nuestros agresores no se habían quedado inmóviles. En el momento en que Ben hacía girar la llave, aparecieron tres zombis en el último tramo de la escalera. Sus miradas vacías eran aterradoras, y abrían y cerraban la boca con mayor rapidez de lo que había visto hasta entonces. Con las prisas por salir a la terraza, la pistola de Ben resbaló de su mano y fue a parar cerca del último peldaño en el momento en que los zombis llegaban a él.

–¡No te preocupes por el arma! –gritó.

Cerramos la puerta y Ben no olvidó echar la llave. En cuanto lo hicimos, una bala atravesó la madera. Eché a correr detrás de mi amigo hasta que nos situamos al borde de la terraza mientras oíamos golpear la puerta. Frente a nosotros se alzaba la terraza del edificio contiguo. La distancia entre una y otra no era excesiva, pero el vacío producía vértigo.

–No me atrevo a saltar –le dije a Ben–. Todavía estoy débil..., no sé si lo conseguiría.

Mi amigo debía de estar pensando lo mismo, porque su mirada denotaba preocupación. Los golpes contra la puerta arreciaron.

–Tarde o temprano entrarán; no podemos quedarnos aquí –dijo Ben.

Dio una vuelta rápida a la terraza mirando a la calle, y cuando llegó al otro lado me llamó. Debajo de nosotros había un toldo abierto, sucio, comido por el sol, tras el cual se advertía la presencia de unas sillas de plástico.

–Es un bar, Johnny. Vas a tener que saltar aunque no te agrade, el toldo amortiguará la caída... Son cuatro pisos. Y ahora presta atención: si algo me sucediera, acude rápidamente a la Embajada británica; es el único lugar al que puedes recurrir, y pregunta por Thomas Eliot. Dile que eres amigo mío y que vas de mi parte, y le explicas lo que ha sucedido. Todo..., sin olvidarte de nada. Él te ayudará a ponerte en contacto con Plymouth y podrá retenerte allí hasta que puedas salir del país –dijo Ben.

Le miré, angustiado.

–No he dicho que vaya a sucederme nada, solo es una precaución... Recuerda: siempre hay que tomar precauciones –me animó.

–¿Y usted?

–Salta tú primero.

Calibré la altura que me separaba del toldo. Parecía capaz de soportar el peso de un cuerpo, pero dudé que pudiera con dos. Para mayor problema, Ben era más alto y corpulento que yo.

En esos momentos, la puerta de la terraza cedió. Intercambié una mirada con Ben y, sin volverme a mirar, me dejé caer al vacío. El golpe fue bastante fuerte, pero, tal como había previsto mi amigo, la lona sirvió para aminorar el efecto de la caída. Del toldo salté a la acera, y vi de reojo que el bar estaba cerrado.

Ben me observaba desde la terraza. Pese a la distancia de cuatro pisos que nos separaba percibí que sonreía. Hubo un disparo y en la frente de mi amigo se abrió un agujero por el cual empezó a brotar sangre. El cuerpo de Ben quedó de bruces sobre el borde, con los brazos colgando sobre el vacío.

–¡Ben! –grité–. ¡Oh, Dios mío..., no..., Ben!

De repente dejé de ver a mi amigo y en su lugar surgió Alain, quien debía de haberlo arrojado al suelo. Seguía empuñando una pistola, con la que me apuntó. Me protegí instintivamente bajo el toldo. La primera bala pasó lejos de allí y la segunda lo perforó para ir a incrustarse en una silla. No esperé a un tercer disparo. A pesar del dolor paralizador que me embargaba, eché a correr alejándome del bar. Cegado por las lágrimas, corrí y corrí sin saber qué dirección seguía. A una calle le sucedía otra, todas desconocidas y todas iguales para mí en esos instantes, y las gentes con las que me cruzaba se volvían a mirarme, sin duda extrañadas por ver correr con tanto desenfreno a un muchacho europeo.

Al fin tuve que detenerme para recobrar el aliento y hacer frente al dolor y la angustia que sentía. No pensaba en mí, solo por la ciudad y sin un lugar donde refugiarme, sino en mi gran amigo Ben, cuya muerte veía como un sacrificio para que yo siguiera vivo. La emoción me impedía tener presente nada que no fuera su frente atravesada por una bala y su desaparición de la terraza para dejar paso a Alain disparándome. ¡Qué ajeno me resultaba todo cuanto no fueran esas imágenes! De pie junto a un local que tenía echada la persiana metálica, traté de ir recuperando el sentido de la realidad, sin que me importaran las miradas de los extraños. Si Ben se había sacrificado por mí, tenía la obligación de corresponder luchando por seguir vivo. No podía quedarme allí toda la noche, debía buscar la Embajada británica y preguntar por el amigo de Ben. ¿Cuál era su nombre? No lo recordaba, pero pensé que a esa hora el edificio estaría cerrado y probablemente no habría en él más que algún vigilante de noche. Ya me acordaría del nombre cuando llegara el día y los empleados acudieran a trabajar.

Quería andar, pero mis piernas se resistían a hacerlo. Debería vagar por la ciudad, igual que en la noche de la ceremonia de la resurrección del cuñado de Duvalier, hasta que pudiera presentarme en la Embajada. ¿Y qué haría si el amigo de Ben no iba al trabajo? Podía suceder, y más todavía teniendo en cuenta mi aciaga suerte. Como al cabo de permanecer un buen rato inmóvil junto a la tienda empezaba a llamar demasiado la atención, eché a andar despacio. Las piernas me obedecieron y dejé atrás la tienda. Desconfiaba, tenía miedo de que los enviados de tío Philip no hubieran renunciado a acabar conmigo y estuvieran buscándome; por ello observaba a todo aquel con quien me cruzaba como si fuera un enemigo al servicio de mi tío. En una ocasión vi de lejos a dos Tontons Macoute, siempre con el signo distintivo de las gafas oscuras, y cambié inmediatamente de camino, pues lo mejor que podía pasarme si me detenían sería que me llevaran a los calabozos de Duvalier, y de allí a que pasara a las manos de tío Philip solo mediaría una gestión del dictador, ahora reconciliado con él. Y cuando veía de lejos a un muchacho o a una muchacha temía que se tratara de uno de mis primos. Haití era para mí sinónimo de terror: por la dictadura de un criminal; por la presencia de los Tontons Macoute; por el horror de los seres sin voluntad, los zombis, y por la persecución de que estaba siendo objeto por parte de mi tío. Hasta el aire que respiraba me parecía hostil.

Mis recelos estaban justificados: en un momento en que fui a salir a una calle ancha por la que circulaban numerosos vehículos reconocí el Cadillac de los Walcott y vi dentro de él a Alain y a tres zombis. Alain también debió de darse cuenta, pues lo detuvo con un brusco frenazo y lo hizo girar hacia mí. Huí por el primer lugar que encontré, un tenebroso callejón plagado de basuras, por suerte tan estrecho que impedía el paso de cualquier vehículo de cuatro ruedas, y me empeñé en una carrera ciega a través de sucesivos callejones por los cuales no habría osado internarme si solo hubiera estado paseando, ni siquiera a la luz del día.

Ahora no había espacio para dudas: seguían buscándome y, si quería tratar de sobrevivir, debería ocultarme en algún sitio hasta que llegara la mañana, pues los seres que acompañaban a Alain no podrían permanecer expuestos al sol. Y si no encontraba dónde, tendría que procurar evitar las calles por las que circulaban los coches: convertirme en habitante de los lugares más hediondos de Port-au-Prince.

Capítulo noveno

La Embajada del miedo

MIENTRAS deambulaba tratando de evitar las calles de mayor tráfico encontré casualmente la Embajada. Todavía no me había puesto a buscarla porque seguía siendo de noche: sencillamente, apareció ante mí, del mismo modo que podía haber tardado horas en encontrarla. Era un edificio de dos pisos, de estilo colonial, rodeado de una fila de verjas acabadas en punta a través de las cuales se vislumbraba un jardín y una fuente cubierta de nenúfares de la que surgía un chorro de agua; por si la bandera que pendía de uno de los balcones no bastara para identificarla, una placa dorada al lado de la puerta indicaba que se trataba de la Embajada británica. Se hallaba situada en una amplia avenida en el centro de la ciudad, a pocos pasos de un laberinto de callejones oscuros y mugrientos, uno de los muchos contrastes que ofrecía Port-au-Prince. Encontrarme allí por sorpresa supuso tanto como un cambio de mundo, porque me vi en una zona residencial donde abundaban las casas ajardinadas a la europea. En el edificio no se veía luz alguna, pero su aspecto era tan tranquilo que resultaba casi relajante. Me agradó el sonido del agua.

Como aún no era hora para esperar a que llegaran los funcionarios y temía que mis perseguidores pasaran en algún momento por aquella parte de la ciudad, volví a internarme en los callejones con el propósito de quedarme en ellos al menos hasta la salida del sol. Mi sospecha de que por unas horas iba a convertirme en habitante de una zona hedionda se confirmó antes y después. Aquellos lugares se parecían mucho a los que había recorrido a la salida del palacio de Duvalier, y bien podían ser los mismos. Había un bar o un café casi en cada puerta, y los hombres y mujeres que entraban y salían de ellos me miraban con hostilidad. Procuré no corresponder a sus miradas y, luchando contra la creciente fatiga que me embargaba, aceleré el paso sin contestar a las provocaciones, pero con cuidado de no pisar ninguno de los abundantes vómitos.

Antes de pasar de una calle a otra me aseguraba de no ver en ella el coche de los Walcott, ni a Alain, ni a ninguno de los seres que lo acompañaban en mi búsqueda, y eso me provocó una tensión que, añadida a la que ya sentía, iba mermando mis fuerzas. En cierto momento vi una pelea entre un blanco y un mulato, y me desvié por otra calle. Luchando contra el sueño, pasé un rato sentado en un banco de una plaza en la que había una fuente de piedra completamente seca, y me marché cuando divisé de lejos a cuatro Tontons Macoute, con sus gafas oscuras semejantes a ojos de aves de presa al acecho. No lo hice corriendo, con objeto de no llamar su atención.

En los últimos días había vivido más de una noche larga, pero ninguna se me había hecho tan interminable. La furia que me invadía cuando lograba despejarme y pensaba en mi tío y en mis primos se transformaba en dolor al rememorar la muerte de Ben. Y esas continuas transiciones de la furia al dolor y del dolor a la furia acabaron poniéndome un nudo de angustia en el pecho.

Procurando no adelantar los acontecimientos, no quise divagar sobre lo que podía esperarme en la Embajada. Si Ben confiaba en su amigo –había sido su último gesto protector hacia mí–, yo también debía confiar en él. Tardé en recordar su nombre, al que asociaba con un conocido poeta de mi país, y si di con él fue siguiendo un proceso de eliminación, al modo de un juego… Eliot…, el nombre era Thomas Eliot, como el autor de *Tierra baldía*. En cuanto lo recordé, estuve seguro de que ya no volvería a olvidarlo o a confundirlo con otro.

La salida del sol me sorprendió en un banco de otra placita, y al ver cómo se disipaban las tinieblas de la noche experimenté un leve cambio de estado de ánimo; no puedo decir que me sintiera optimista –habría sido imposible después de lo que había sucedido–, pero sí algo menos sombrío. En cuanto abrieron algunos comercios, la ciudad cambió un poco de fisonomía, aunque sin resultar acogedora, pues difícilmente podía llegar a serlo, y animado por ello proseguí mi vagabundeo hasta que comprobé en un reloj que eran las nueve y diez de la mañana. Había procurado componer un plano mental de los lugares recorridos –si me puedo vanagloriar de algo, es de mi sentido de la orientación–, y fui en busca de la Embajada… T. S. Eliot… *Tierra baldía…*

Por la avenida circulaban algunos vehículos, y eso hizo que se reavivaran mis recelos. Esperé a no ver ningún automóvil a derecha ni a izquierda para atravesar la calzada y llamar al timbre. Mientras tanto, no dejé de mirar en todas direcciones. En aquel momento solo había varios coches aparcados, uno de los cuales me resultó familiar. ¿Podía ser el Cadillac de los Walcott? Y si era así, ¿habría alguien dentro?

Antes de que hubiera podido asegurarme, la puerta metálica se abrió para dar paso a un grueso mulato vestido con uniforme que fumaba un habano.

–¿Qué quieres? –preguntó, mirándome con sospecha de arriba abajo; mi aspecto debía de ser espantoso.

–Vengo a hablar con Thomas Eliot.

Giré la cabeza hacia los automóviles aparcados en la avenida. Alain salía de uno de ellos, llevándose la mano derecha al bolsillo.

–No ha llegado todavía, ¿para qué lo buscas? –su tono de voz resultaba algo insolente.

Alain se había detenido y nos apuntaba con la pistola.

¿Acaso el portero no se daba cuenta de lo que estaba sucediendo? Entré, y sin darle tiempo a reaccionar, le empujé y cerré bruscamente la puerta detrás de mí. La bala que disparó Alain chocó contra ella sin llegar a atravesarla, produciendo una siniestra vibración metálica que se transmitió hasta mis entrañas. El portero, asustado, se dispuso a echar a correr por el jardín, pero lo detuve.

–¿No ha visto que ese hombre va armado? Si se mueve de donde está, le ofrecerá su cuerpo como blanco –le advertí.

El disparo y la posibilidad de que hubiera otros debieron de trastornarle, pues abrió mucho los ojos y observé que sus labios temblaban. Había dejado caer el habano. «Quizá no tienen intención de matar a nadie más que a mí; es posible que sea el único que corre peligro», me dije. Y mientras me hacía esa reflexión reparé en que si Alain daba la vuelta alrededor de las verjas que separaban el jardín de la avenida, encontraría un lugar desde donde dispararme. Cerca de mí había unos matorrales semicubiertos de flores y fui a ocultarme en ellos. Pero durante un rato no hubo más disparos. El portero, que seguía protegido detrás de la puerta, tenía los ojos cerrados.

Esperé un buen rato antes de moverme de allí, con el fondo del reanudado rumor del tráfico. Probablemente Alain no se había atrevido a efectuar más disparos a la vista de los conductores y de los paseantes, aunque el ruido de los coches podía haberlos hecho pasar inadvertidos. Casi embriagado por el dulzón aroma de las flores, me decidí a levantarme y, tras comprobar que no veía a nadie al otro lado de las verjas, eché a correr describiendo eses hasta el portón de entrada al edificio. El asustado portero me imitó.

–¿Qué está pasando aquí? ¿Quién eres? –inquirió jadeante mientras lo abría con una llave.

–Quieren matarme, por eso he venido a la Embajada... Tengo que hablar con Thomas Eliot –repuse, entrando delante de él.

–¿Eres inglés? –insistió, cerrando de golpe el portón.

–Sí, me llamo John Walcott..., soy sobrino de Philip Walcott.

Al verme en el amplio vestíbulo de la Embajada después de haber sufrido otra tentativa de asesinato experimenté algo parecido al alivio, si bien no me sentí tranquilo. Por duro que hubiera sido encontrar allí a Alain, no podía compararse con los horrores que había padecido, ni con la imagen de Ben Perkins en la terraza de su casa destrozado por una bala.

–¿Puedo tomar algo caliente? –pregunté.

En el rostro del portero se seguía leyendo la fuerte impresión que le había causado el disparo a aquellas horas de la mañana.

–Por supuesto que sí, chico, ven conmigo..., a los dos nos conviene beber algo... El señor Eliot no tardará en llegar.

Fui con él a una cocina bien equipada, donde preparó café. Antes de servir dos tazones, añadió al suyo un generoso chorro de ron.

–Hace poco que se ha ido el vigilante de noche... Si hubiera estado aquí, ese individuo que nos ha disparado no se habría ido libre –me dijo.

No sé si esperaba que yo le explicara el porqué de esa agresión, pero si era así, debió de quedarse decepcionado: no tenía ganas de hablar, y menos aún de contar algo que más tarde debería exponerle a Thomas Eliot. Bebí el café a pequeños sorbos, notando cómo el calor me reconfortaba. El portero me miraba con las cejas enarcadas, sin atreverse a preguntarme nada. Y cuando oímos que alguien abría la puerta nos asomamos al vestíbulo.

–Ahí está el señor Eliot –me indicó.

Era un hombre de unos cuarenta años, alto y delgado; sus facciones eran angulosas, vestía un traje de lino blanco y una camisa azul celeste; se cubría con un panamá y usaba gafas con montura metálica dorada. Se detuvo al ver que nos dirigíamos hacia él.

–Señor Eliot, perdone..., este muchacho es inglés y ha venido para hablar con usted –titubeó; creí que iba a añadir que acababan de disparar contra mí en el jardín, pero no dijo nada más.

–Soy John Walcott –me presenté.

–¿Walcott? ¿Tienes algo que ver con Philip Walcott? –quiso saber.

–Es mi tío.

–Ya... –repuso fríamente; mi aclaración no parecía haberle complacido.

–Ben Perkins me indicó que viniera a hablar con usted –me apresuré a decir.

–¿Ben? –sonrió al pronunciar el nombre–. ¡Demonios! Hace mucho que no lo he visto..., ¿dónde se mete?

–Ha muerto..., ha muerto esta noche; por eso estoy aquí.

La noticia transformó la expresión de Eliot; una especie de sombra nubló su mirada durante unos segundos y vi que apretaba las mandíbulas.

–¡Muerto..., muerto Ben! No es posible... –exclamó.

–El asunto que me ha traído a la Embajada es muy grave –añadí.

–Vamos a mi despacho.

El cuarto de trabajo de Thomas Eliot apenas difería de los despachos que yo había visto en Plymouth, como si el hecho de estar situado en aquella isla no afectara ni al mobiliario, impropio de un lugar de clima cálido. Daba la impresión de ser un pedazo de Inglaterra trasladado a Haití. Eliot se sentó en una cómoda butaca de piel y me indicó que hiciera lo mismo. Después de que se hubo quitado la chaqueta y le sirvieran un café, le conté lo acontecido desde mi llegada al país; naturalmente, no entré en detalles concretos que no aportaran algo a mi relato, pero fui bastante explícito en lo concerniente a tío Philip y a Ben Perkins, sin olvidar el ritual de resurrección celebrado en el palacio del dictador.

Tras tomar el café, Thomas Eliot había encendido un grueso habano y me dejó hablar sin interrumpirme; solo me hizo contarle dos veces el momento de la muerte de Ben.

–Dios sabe lo que habrán hecho con el cuerpo de Ben Perkins –comentó cuando concluí–. Siempre he considerado un canalla a Philip Walcott, pero lo que me has contado rebasa cualquier límite. Lamentablemente, no puedo hacer nada contra él. Si el buen Perkins hubiera sido británico, podría haber intentado algo contando con tu testimonio de cargo, pero no es así y carezco de atribuciones en lo que respecta a la ley..., menos aún contando con que tu tío es amigo de Duvalier. Vamos a telefonear a ese notario con objeto de que tenga todo preparado para tu llegada. Yo mismo me encargaré de sacarte de Haití en un barco británico. Subiré contigo a bordo y nadie podrá obligarte a bajar.

A través del dictáfono ordenó a alguien que buscara el número de teléfono del notario Tennyson, de Plymouth, y aplastó en un cenicero lo que restaba del habano.

–Este país no pertenece al mundo que conocemos... ¡Pobre muchacho...! –dijo–. Ojalá tuviera poder suficiente para encerrar a ese individuo.

Un empleado entró con un papel en el que figuraba el número solicitado, y en cuanto nos quedamos solos, Eliot pidió la conferencia y me pasó el auricular. Volver a oír la cariñosa voz de Ronald Tennyson después de tanto tiempo me resultó reconfortante. No pude contarle todo –ni habría podido volver a hacerlo tan seguido–, mas creo que hice un aceptable resumen de los hechos.

–Debes hacer lo que te indiquen en la Embajada –me pidió Tennyson–. Y no pienses nada más que en regresar. Nos veremos pronto..., pásame con el señor Eliot.

El diplomático se puso al teléfono.

–Quédese tranquilo, señor Tennyson..., el muchacho embarcará pasado mañana –dijo.

Yo todavía estaba aturdido y asistía a la escena con cierta distancia, como si todo aquello no tuviera que ver conmigo o estuvieran hablando de otro.

–Vas a quedarte un par de días en la Embajada –me indicó Thomas Eliot al colgar–. Si todo va bien, pasado mañana estarás en un barco con destino a Inglaterra. Arriba hay un par de dormitorios; daré orden de que preparen uno para ti y haré también que te compren algo de ropa…; así no puedes ir a ninguna parte.

Por segunda vez en la mañana reparé en mi calamitoso aspecto y casi sentí vergüenza de verme así.

–Hay algo que debes saber, Johnny –añadió–. Tu tío tiene nacionalidad británica, y como tal le asiste el derecho de venir a la Embajada y exigir que se le atienda. Espero que no idee alguna argucia para tratar de obligarnos a entregarte –debí de mostrarme alarmado, porque prosiguió–: No temas, te prometo que si eso sucediera, haría lo necesario para impedirlo… Solo es una posibilidad.

La habitación que me destinaron era pequeña y su ventana daba al jardín. No tenía más muebles que una cama y un sillón de mimbre, pero no eché nada en falta. Un reloj de pared marcaba las doce y veinticinco. Estaba muy cansado y solo deseaba acostarme para olvidar lo sucedido, al menos por unas horas. Las palabras de Thomas Eliot me habían tranquilizado, aunque sabía que no me sentiría a salvo del todo hasta que pudiera abandonar el país.

El diplomático cumplió lo que había dicho: cuando desperté me esperaban encima del sillón una chaqueta, una camisa y un pantalón nuevos, lo cual significaba que alguien había entrado mientras dormía sin que me enterara. Según el reloj eran las seis y treinta y cinco: había descansado, pues, más de cinco horas. Después de haberme cambiado de ropas y aseado en un cuarto de baño que había junto al dormitorio, bajé al despacho de Eliot.

–Supongo que tendrás apetito. En la cocina te han preparado una ensalada de frutas y *roast beef* –me dijo–. Ahora debo marcharme, pero no vas a quedarte solo. El vigilante de noche llegará antes de que me vaya. Su nombre es Andrew..., Andrew Stevenson. He hablado con él por teléfono y le he encarecido que permanezca bien atento y cuide de ti... Yo regresaré mañana a eso de las diez. Para entonces ya habré arreglado lo de tu viaje.

–¿No ha venido tío Philip?

–No. Puede que haya pensado que no tiene nada que hacer.

–Me extraña. Debe de estar tramando algo –dije.

–Vas a estar bien protegido, no te preocupes. Piensa que solo tendrás que pasar un día más en este país... Yo regresaría a gusto a Inglaterra, ¿sabes? Hace más de un año que no he estado allí –trató de animarme.

Sonreí sin ganas. No me hacía ninguna gracia quedarme en la Embajada con la única compañía del vigilante nocturno. Además, iba a estar limitado de movimientos, pues no podría salir al jardín por temor a que dispararan contra mí desde la oscuridad, detrás de las verjas. Casi como un prisionero. Pero comprendí que no podía hacer otra cosa. Entretanto, Thomas Eliot iba guardando papeles en una cartera de mano.

El vigilante nocturno llegó alrededor de veinte minutos después. Parecía mayor que Eliot, a quien aventajaba en corpulencia. La culata de una pistola asomaba por una cartuchera que llevaba prendida al cinturón, y su aspecto inspiraba confianza a pesar de la dureza de su mirada.

–¿Este es Johnny? –preguntó mirándome.

Thomas Eliot asintió mientras se ponía el panamá.

–Lamento que te encuentres en esta situación, chico, pero no debes temer nada, estaré aquí para protegerte –dijo el vigilante dando unos golpes a la culata de su pistola.

–Si quieres un consejo, come algo y acuéstate temprano –me dijo Eliot desde la puerta–. Harás que la noche pase más deprisa.

Asomado a la ventana del despacho, vi cómo atravesaba el jardín, abría la puerta para salir y la cerraba desde fuera. Me aparté rápidamente al pensar que si me dejaba ver allí ofrecería blanco a un buen tirador de rifle. Antes de ir a la cocina miré a ver si encontraba algo para leer, pero solo vi libros de informes políticos y económicos, es decir, la lectura menos estimulante para mí, incluida una *Historia de Inglaterra* cuyas primeras páginas se asemejaban demasiado a las de un libro escolástico.

Andrew me dejó cenar solo y comí despacio, sin apetito. La sugerencia de Thomas Eliot había sido buena, y sin duda bienintencionada, pero no tenía ganas de aceptarla. La noche cayó pronto, después de un rápido crepúsculo que llenó de sombras el vestíbulo, los pasillos y las estancias de la Embajada, y llegó acompañada por la lluvia, que empezó a golpear con monotonía la casa y el jardín, añadiendo tristeza a la tristeza. Enseguida se hizo torrencial. Apagué la luz para asomarme desde la ventana de la cocina, y aun así tuve el cuidado de hacerlo a través de las rendijas de la persiana de plástico.

Los únicos movimientos que se advertían en el jardín eran los de las plantas azotadas por la lluvia.

Hubo una sucesión de relámpagos con sus correspondientes truenos. Las tormentas hasta entonces nunca me habían atemorizado, pero aquella tenía algo especial; tal vez se debía al hecho de saberme solo y perseguido en un país cuyas costumbres me resultaban aterradoras, y refugiado en un edificio en compañía de un desconocido; e incluso a que los truenos eran tan fuertes que hacían vibrar los cristales.

Al fin la lluvia cedió un poco, aunque no cesó: se hizo continua, insistente. Siempre a oscuras, subí al dormitorio y traté de relajarme, pero en vista de que no lo conseguía, tuve que levantarme, cada vez más nervioso. Me sentía como una fiera enjaulada. Las saetas del reloj de pared indicaban las nueve menos diez. Volví a asomarme cautelosamente al jardín. Todo seguía igual. Y por fin decidí ir en busca del vigilante para charlar un rato con él. Estaba en el vestíbulo; había abierto la puerta y, de pie en el umbral, contemplaba el jardín.

–¿Va todo bien? –me preguntó–. Me parece que nos ha tocado una de esas tormentas largas que van decreciendo y aumentando de intensidad y dan la impresión de que no van a acabar nunca; temo que nos acompañará durante toda la noche... El señor Eliot tiene razón, Johnny, deberías acostarte y dejar que llegue pronto la mañana...

–No tengo sueño –repuse.

–¿Es verdad que tu tío tiene poderes y es capaz de volver los muertos a la vida? –inquirió, cerrando la puerta después de echar un último vistazo al exterior–. Llevo ya un año viviendo en Haití y nunca he tenido ocasión de encontrar a alguien así. No ha debido de ser muy agradable vivir con él.

–No, no lo ha sido –le contesté con sequedad.

Si la conversación iba a seguir esos derroteros, removiendo mis recuerdos, prefería seguir estando solo; por ello le dije que iba a dar una vuelta por la casa y luego me acostaría.

–Es lo más sensato que puedes hacer –asintió–. Y no estés inquieto, he echado la llave a la puerta del jardín, te aseguro que nadie podrá entrar en la Embajada.

En el vestíbulo había cinco puertas, incluidas la del despacho de Thomas Eliot y la de la cocina, pero no quise entrar por ninguna y subí al otro piso porque pensé que arriba todo sería menos oficial y podría encontrarme con alguna sorpresa que me ayudara a pasar el tiempo. Detrás de una puerta en forma de arco hallé una diminuta estancia sin ventanas rebosante de legajos de papeles atados con lazos que desprendían el característico olor de los libros antiguos, los cuales no me despertaron la menor curiosidad, y al abrir la siguiente vi una especie de salón inglés amueblado con elegancia, donde había un grande y lujoso armario con vasos y varias botellas alineadas en dos estanterías; la oscuridad me impidió saber cuál era su contenido, pero al acercarme vi por las etiquetas que se trataba de ron, ginebra y whisky. Allí tampoco había libros, aunque sí unas cajitas de cigarros habanos todavía precintadas.

¡Con cuánta lentitud transcurrían las noches! La inactividad empezaba a pesarme y, desganado, me senté en un confortable sillón que apestaba a piel recalentada. Aquella debía de ser la estancia a la que con toda seguridad se retiraría de vez en cuando Thomas Eliot para descansar, y donde recibiría a las visitas importantes, si es que recibía alguna en ese país que poco o nada tenía que ver con la idea que me había forjado de la civilización, y en el que Ben Perkins había encontrado la muerte.

El recuerdo del amigo asesinado y el monótono y exasperante sonido de la lluvia acabaron provocándome un desasosiego que me hizo estar incómodo. Cambié repetidas veces de postura y al fin, sin saber qué hacer, me levanté para volver a asomarme por las rendijas de la persiana. Me pareció divisar entre las plantas un bulto con forma humana. Miré con más detenimiento: no había un bulto, sino al menos tres. Esperé a comprobar si se movían o se trataba de un efecto óptico. Uno de los bultos se distanció de los otros y creí reconocer las facciones de Alain. En cuanto se movió, los demás hicieron lo mismo.

Tenía que advertir al vigilante de que mis perseguidores habían entrado en el jardín.

Abandoné la sala y, presa de una gran agitación, bajé al vestíbulo saltando los peldaños de dos en dos. Ante mi horror, encontré abierta la puerta. La lluvia formaba una cortina de separación entre el mundo exterior y yo, y la noche parecía aún más oscura e impenetrable detrás de ella. ¿Dónde estaría el vigilante? Se me ocurrió que tal vez había detectado ruidos sospechosos y había salido a averiguar de qué se trataba. Andrew iba armado, pero yo no había percibido ningún disparo.

Sin aproximarme a la puerta descubrí unas huellas de pisadas en el suelo, con grumos de barro. ¿Pertenecerían a Andrew a su regreso de inspeccionar el jardín..., o había entrado alguien en el edificio?

Ante la duda fui a cerrarla, pero pensé que podía dejar fuera al vigilante y no tuve más remedio que asomarme, tratando de controlar el miedo por lo que había visto desde el salón. No ignoraba que, sabiendo lo que sabía, mi conducta era insensata, pero debía hacerlo.

–¡Andrew! –grité–. ¿Está por ahí?

Los bultos humanos continuaban moviéndose por el jardín.

Cerré de golpe la puerta y seguí llamando al vigilante. Nadie respondió. El vestíbulo era un denso cúmulo de sombras que hacían inquietante cualquier esquina, cualquier recoveco. Mi ansiedad empezó a hacerse notar en forma de latidos acelerados. Si Andrew no aparecía, tendría que telefonear a Eliot. Sin embargo, no conocía su número de teléfono. «Quizá haya una agenda en su despacho, o tarjetas..., o alguna nota para casos de urgencia», pensé, entrando en él. Me dirigí a tientas hacia la mesa y abrí el cajón de en medio. El hecho de tener que moverme a oscuras no me ayudó en mi tarea, y por más que revolví entre los papeles no encontré lo que buscaba ni allí ni en los otros cajones de la mesa, y por ello decidí seguir intentándolo en el salón del piso superior. Sin embargo, antes de hacerlo quise asegurarme de que el teléfono funcionara. El auricular estaba mudo. Golpeé repetidamente en la tecla. Habían cortado la línea.

Al dar la vuelta alrededor de la mesa para salir del despacho tropecé con algo que estuvo a punto de hacerme caer. Lo reconocí por sus ropas: era Andrew. Al cabo de unos segundos, acostumbrada mi mirada a la negrura, pude ver que tenía la cabeza torcida de una forma inverosímil, igual que un muñeco roto, como si alguien la hubiera torcido violentamente hacia atrás; por su boca, su nariz y sus oídos brotaba sangre, lo cual constituía una señal de que no debía de llevar mucho tiempo muerto.

Me llevé una mano a la boca, sofocando un grito, y en ese momento se dibujó una silueta en el umbral de la puerta del despacho, que no se detuvo allí, sino que echó a andar hacia la mesa. Por su manera de caminar, torpe, arrastrada, me di cuenta de que era uno de los hombres sin voluntad que acompañaban a Alain: un zombi. Detrás de él surgió otro.

La lentitud de sus movimientos me resultó favorable. Esperé agachado y conteniendo la respiración a que el primer zombi se situara ante la mesa e, incorporándome de un salto brusco, salí corriendo. Con todo mi ímpetu choqué contra el segundo zombi, que se había quedado de pie en la puerta, y el fuerte impacto le hizo tambalearse pese a su corpulencia; no obstante, ello no me dejó el camino libre: no sin horror vi que tres de aquellos seres custodiaban la puerta de salida del edificio.

Solo me quedaba la posibilidad de buscar refugio en la planta superior, pero incluso eso me estaba negado: Alain esperaba en lo alto de la escalera, apuntando con su pistola hacia los primeros peldaños. Verlo allí y dar un salto para protegerme detrás de la pared fue todo uno: su bala fue a perderse en el vestíbulo.

Acorralado, me dirigí a la cocina en el momento en que los zombis salían ya del despacho de Thomas Eliot, y tuve el tiempo justo para entrar en ella. Afortunadamente, la puerta tenía un pestillo y lo eché, aun sabiendo que la derribarían con facilidad. Mi mente trabajó deprisa cuando comenzaron a golpear violentamente en la puerta. Subí la persiana para romper el cristal de la ventana y lo hice añicos sirviéndome de la cafetera que había utilizado el portero por la mañana, la cual seguía encima de la mesa con los cubiertos y los platos de mi cena. Los golpes arreciaban detrás de mí, e igual que en el piso de Ben, una bala destrozó la cerradura.

Salté a pesar del dolor que experimenté al clavarme un pedazo de cristal en una mano. Mi intención era alcanzar la salida y atravesar la avenida para perderme en las callejuelas, pero oí el silbido de una bala cerca de mí antes de que hubiera podido llegar a ella. Alain había disparado desde la ventana de la cocina y comprendí que no tendría dificultad en abatirme; además, recordé, el vigilante la había dejado cerrada.

–¡Sangre..., sangre...! –oí gritar a Alain.

¿Por dónde habrían entrado en el jardín? Tal vez rompieron alguna de las verjas para acceder a través de ellas al espacio privado de la Embajada.

No tenía más opción que comprobarlo para tratar de escapar por el mismo lugar, y di la vuelta en torno al edificio con la mirada puesta en las verjas. Mi suposición era cierta: en la parte trasera había algunas rotas; sin embargo, no pude aprovecharme de ello porque estaban custodiadas por dos de aquellos seres, que no se movieron al verme aparecer. Como carecían de sensibilidad, permanecían impávidos bajo la lluvia.

Alain y sus acompañantes no tardarían en llegar y tampoco podía huir por allí. Fue entonces cuando divisé una trampilla metálica en el suelo, junto a la pared, y pensé que podía tratarse de un acceso al sótano del edificio. Mi primer impulso fue averiguar si podía abrirla y ocultarme dentro, pero caí en la cuenta de que no sería un buen escondite, pues aunque pudiera mover la tapa de la trampilla, esta llamaría la atención de Alain, quien, al no verme por el jardín, bajaría al sótano y antes o después me encontraría. Aun así, debía intentar algo.

Tiré con fuerza de la tapa, que se inclinó hacia mí entre chirridos dejando a la vista una escalera de peldaños metálicos que se perdía en la oscuridad. Bajar por ella sólo supondría retrasar unos minutos mi muerte en un lugar donde no sabría moverme y del que no tendría escapatoria. Y se me ocurrió dejarla abierta y correr a esconderme al otro lado del edificio, pues quizá haría creer que no había tenido tiempo de echar la trampilla por encima de mí al buscar refugio en el sótano. Así lo hice, seguido por el sonido creciente de unos chapoteos. ¿Lograría engañar a Alain aunque solo fuera para ganar un poco de tiempo? Me detuve y permanecí a la expectativa para descifrar los sonidos que me llegaban. Casi exhalé un suspiro de alivio al percibir el sonido metálico de unas pisadas: Alain estaba bajando al sótano.

–¡Sangre! –volvió a gritar.

Sin embargo, carecía de sentido que quisiera engañarme a mí mismo: no le llevaría mucho tiempo comprobar que yo no estaba allí. Debía aprovechar la pequeña ventaja de que disponía para intentar huir, mas no podía hacerlo por la puerta del jardín. Y no era cuestión de volver a la casa para registrar el cadáver de Andrew en busca de la llave.

Ignoraba de cuánto tiempo disponía, y solo tenía la opción de salir a través de las verjas rotas, que permitían el paso de mi cuerpo.

Pero allí estaban los dos zombis.

Aunque casi cegado por la lluvia, fui ganando terreno para cerciorarme, y al llegar a la otra parte del edificio vi que aquellos dos seres seguían delante del hueco. Dominando el horror y la aprensión que me inspiraban, seguí andando y me detuve a menos de una docena de pasos de ellos. En cuanto me vieron comenzaron a abrir y cerrar la boca como si pretendieran gritar o llamar la atención sobre mi presencia, mas sus cuerdas vocales no emitieron ningún sonido. Sus ojos negros se hicieron más brillantes y echaron a andar hacia mí, dejando libre el hueco.

Los esquivé, pero no tuve ocasión de salir. Otro de aquellos seres, a quien no había visto, se situó detrás de mí saliendo de las profundidades del jardín, me aferró por un brazo y se lo llevó a los labios para sorber la sangre de la herida que me había producido el cristal. Al volverme recibí una vaharada de pútrido aliento. Me liberé de él con un violento tirón que dejó en su mano un pedazo de la manga de mi camisa, y me acerqué de un salto al hueco. Los otros zombis se habían dado la vuelta, camino asimismo del hueco, pero logré llegar antes. En la avenida no había ningún paseante, solo vehículos que circulaban a gran velocidad, y, en un gesto casi suicida, la crucé sin preocuparme de que podía ser atropellado.

Los zombis habían salido detrás de mí. Uno de ellos no tuvo tanta suerte como yo, pues un automóvil lo embistió cuando atravesaba la avenida. Oí el chirrido estridente de los neumáticos patinando sobre el asfalto, seguido de un fuerte golpe. Lo último que vi antes de internarme en los callejones fue a Alain con la pistola en la mano. Salió en mi persecución dejando allí a los zombis y percibí a mis espaldas otro brusco frenazo, mas esta vez no hubo otro golpe. Alain debía de haberse salvado del atropello.

Corrí por las callejas sin seguir ninguna dirección ni perseguir un objetivo: solo deseaba evitar que Alain diera conmigo. En una de las callejas encontré varias casas que tenían las puertas abiertas y me oculté en uno de los patios sin luz, rogando que no entrara nadie mientras estuviera allí. ¿Cómo podría explicar mi intromisión?

Fue así como me vi obligado a repetir los pasos y las vivencias de la noche anterior. Cuando creí que había transcurrido el tiempo suficiente, abandoné el patio y salí a vagabundear por las calles, asegurándome antes de entrar en cada una de ellas de que no corría peligro. Otra noche inacabable bajo el signo de la persecución... Otra noche eterna...

* * *

Supongo que Alain y tío Philip –a quien yo no había visto, pero cuya mano se hacía notar detrás de lo acontecido– no quisieron arriesgarse a llevar a cabo nada más contra mí después de los sangrientos sucesos de la noche, pues no tuve que hacer frente a ningún obstáculo al regresar por la mañana; o quizá desistieron al advertir que la policía y algunos Tontons Macoute se habían personado en la Embajada, alertados por el portero al incorporarse a su puesto de trabajo. Cuando llegué, Thomas Eliot ya estaba allí. Había sido advertido también por el portero y su rostro se iluminó en cuanto me vio.

–Menos mal que estás vivo, Johnny..., no sabía qué pensar, temía que te hubieran asesinado –dijo abrazándome; yo, alterado por la emoción, rompí a llorar en silencio–. No me apartaré de tu lado hasta que el barco zarpe mañana.

Uno de los Tontons Macoute se acercó a nosotros.

–¿Este es el chico? –inquirió.

–Sí, por suerte está vivo.

–¿Viste lo que sucedió? –me preguntó el Tonton Macoute

–Mataron al vigilante..., y se proponían acabar conmigo.

–Debes venir con nosotros para explicar todo..., ha habido dos muertes. Aparte del vigilante, un haitiano ha muerto atropellado delante de esta casa –ordenó.

–Era un zombi... –dije.

–¿Un zombi? –el Tonton Macoute enarcó las cejas y en su boca se dibujó una sonrisa sarcástica–. ¿Un zombi has dicho?

–No, Johnny no va a irse con ustedes –intervino Eliot con decisión–. Es ciudadano británico, esta Embajada es su suelo y cuenta con la protección del Gobierno de mi país.

El hombre no respondió de momento, pero me percaté de que apretaba las mandíbulas. Debía de estar considerando los problemas que podría ocasionar un incidente diplomático. Al fin, dijo con rabia no disimulada:

–Tomaré nota aquí mismo de su declaración..., si usted lo permite.

–Estaré presente –dijo Eliot.

La mañana transcurrió entre declaraciones –tuve que efectuarlas también a la policía–, pero Eliot cumplió su palabra de estar a mi lado. Consideré su ayuda casi como una tutela *post mortem* del propio Ben: después de todo, lo había conocido gracias a él. Y esta vez sí le hice caso a Thomas: me acosté en cuanto quedé libre.

–¿No se puede hacer nada contra tío Philip? –le pregunté cuando iba a subir a mi habitación.

–En Haití no. Entablar una causa criminal, aunque fuera bajo el control británico, nos llevaría meses, quizá años... Saber que estás vivo y que vas a regresar a Inglaterra será suficiente castigo para él. Además está destrozado, la vida ya no le ofrece ningún aliciente; algún día dará un paso en falso ante Duvalier, y este no perdona... Ah, recuerda..., el barco zarpará mañana a las once y tendremos que estar en el puerto con bastante antelación... Por cierto, ha telefoneado Tennyson para darte ánimos y decir que te están esperando.

–Se has portado muy bien conmigo, Thomas, no sé cómo agradecerle...

–Eras amigo de Ben –repuso con sencillez.

Las últimas imágenes que desfilaron por mi mente antes de cerrar los ojos fueron el caserón de los Walcott, la tumba en el jardín y las espigadas cañas de azúcar. Seguía viéndolas como puertas que daban a otro mundo. No sabía si algún día llegaría a olvidar mi entierro en vida, los ojos oscuros de los zombis, su aliento pútrido y su forma de caminar, y las miradas de odio de tío Philip, Alfred y Chantal. Ese día me acompañaron en mi sueño, aún en tierra de Haití.

Índice

Prólogo 7

Capítulo primero:
Los Walcott de Haití 11

Capítulo segundo:
Una noche extraña 35

Capítulo tercero:
Ceremonia vudú 57

Capítulo cuarto:
Intento de resurrección 77

Capítulo quinto:
Preparativos para un ritual 95

Capítulo sexto:
La ceremonia de la resurrección 117

Capítulo séptimo:
El final de tía Marge 139

Capítulo octavo:
Polvo zombi 161

Capítulo noveno:
La Embajada del miedo 183

Títulos publicados

1. Robert Swindells, *Calles frías*
2. Heinz Delam, *La maldición del brujo-leopardo*
3. José María Latorre, *Una sombra blanca*
4. Oriol Vergés, *Un pueblo contra los Hamid*
5. Anja Tuckermann, *Muscha*
6. Manuel L. Alonso, *Malos pasos*
7. José Luis Velasco, *Atrapado en la oscuridad*
8. Käthe Recheis, *Londres, 13 de julio*
9. Alfredo Gómez Cerdá, *El beso de una fiera*
10. Concha López Narváez y Carmelo Salmerón, *El visitante de la madrugada*
13. Fernando Lalana, *El paso del estrecho*
15. Heinz Delam, *La selva prohibida*
16. Jordi Sierra i Fabra, *Retrato de un adolescente manchado*
17. Uri Orlev, *Soldados de plomo*
18. José María Latorre, *La leyenda del segundo féretro*
19. Els de Groen, *Casa sin techo*
20. Eliacer Cansino, *El misterio Velázquez*
22. Jordi Sierra i Fabra, *Un hombre con un tenedor en una tierra de sopas*
24. Vicente Muñoz Puelles, *La isla de las sombras perdidas*
25. Manuel L. Alonso, *Pájaros en la tormenta*
26. Christian Grenier, *El ordenador asesino*
27. Heinz Delam, *Likundú*
28. Concha López Narváez y Miguel Salmerón, *Hola, ¿está María?*
29. José María Latorre, *Pueblo fantasma*
30. Alfredo Gómez Cerdá, *La última campanada*
31. José Ramón Ayllón, *Vigo es Vivaldi*

33. Jordi Sierra i Fabra, *97 formas de decir «te quiero»*
34. Carmelo Salmerón, *La Rueda de Satán*
35. Zoran Drvenkar, *El hermano*
36. Alfredo Gómez Cerdá, *La luz de las estrellas muertas*
37. Luchy Núñez, *¿Quién dijo viejo?*
38. Juana Aurora Mayoral, *Seis cerezas y media*
39. Santiago Herraiz, *Amordazados*
40. José María Latorre, *La mano de la momia*
41. Marisol Ortiz de Zárate, *Los enigmas de Leonardo*
42. José Ramón Ayllón, *Diario de Paula*
43. Concha López Narváez, *Los pasos del miedo*
44. Santiago Herraiz, *Jaque en la red*
45. Marcos Maldonado, *Escrito en la frente*
46. Fernando Lalana, *Amnesia*
47. Jordi Sierra i Fabra, *En una esquina del corazón*
48. Évelyne Brisou-Pellen, *Veneno y chocolate*
49. Roberto Vivero, *Hello Goodbye*
50. Heinz Delam, *La noche de las hienas*
51. Marcos Maldonado, *El depredador*
52. Jordi Sierra i Fabra, *Sin tiempo para soñar*
53. Carolin Philipps, *El precio de la verdad*
54. An Alfaya, *La sombra descalza*
55. Francisco Díaz Valladares, *La venganza de los museilines*
56. José María Latorre, *Después de muertos*

PARALELO CERO

Este libro se terminó
de imprimir en los
talleres gráficos
de Unigraf, S. L.,
en el mes de enero de 2007